THE WHITE PANTHER
白色美洲豹

〔美〕西奥多·瓦尔德克 / 著

朱敏 / 译

重庆出版集团 重庆出版社

图书在版编目（CIP）数据

白色美洲豹 /(美) 西奥多·瓦尔德克著; 朱敏译
. — 重庆 : 重庆出版社, 2022.12
（传世动物文学书系 / 刘丙海主编）
ISBN 978-7-229-17380-7

Ⅰ.①白… Ⅱ.①西…②朱… Ⅲ.①长篇小说–美国–现代 Ⅳ.①I712.45

中国版本图书馆CIP数据核字（2023）第002436号

白色美洲豹
BAISE MEIZHOUBAO
[美] 西奥多·瓦尔德克 著　朱敏 译

责任编辑：周北川
责任校对：朱彦谚
封面设计：璞茜设计

重庆出版集团
重庆出版社　出版

重庆市南岸区南滨路162号1幢　邮政编码：400061　http://www.cqph.com
三河市金泰源印务有限公司
重庆出版集团图书发行有限公司发行
E-MAIL: fxchu@cqph.com　邮购电话：023-61520646
全国新华书店经销

开本：787mm×1092mm　1/16　印张：9.5　字数：116千字
2023年3月第1版　2023年3月第1次印刷
ISBN 978-7-229-17380-7
定价：25.00元

如有印装质量问题，请向本集团图书发行有限公司调换：023-61520678
版权所有　侵权必究

"传世动物文学"书系(100卷本)简介

动物文学资源丰富多彩,被介绍到中国来的外国作品只是其中很小的一部分。到目前为止,图书市场上没有一套成系统、有规模地囊括世界各国动物文学的书系,"传世动物文学"书系就是要把世界各国优秀的动物文学作品,分批次、成系统地介绍给中国的少年儿童读者,让他们对动物文学的多样化有一个全方位、新鲜的了解。本书系计划出版100本。

动物不只是冷漠无情、凶猛好斗,它们也有天真单纯、优雅有趣的一面;我们也能发现它们的灵性与智慧,还可感受到它们友爱的家庭氛围,甚至被它们的自我牺牲精神所震撼。动物的世界是人类世界的缩影,动物的生活和人的现实生活一样,有着悲欢离合的故事,也闪烁着打动人的美德。读每一本书就是在森林里上一堂课,从这些森林课堂里孩子们会懂得许多有关人与自然的道理,明白人和动物不是仇敌,而是平等的灵魂。只有理解、尊重并爱护它们,才不会招致它们的误解,才会得到它们善意的回报。

让我们走向大自然,走进神秘的动物世界,近距离了解与我们同一片蓝天、同一个家园的朋友——动物。

这本书中提到的白色美洲豹是作者在1937—1938年最后一次远征英属圭亚那丛林时发现的。

据居住在库尤尼河上游的印第安人说，白豹虽然极其罕见，但却以其异常的狡猾和凶猛而著称，通常比普通美洲豹更大、更有力。

对这种异常的自然现象，科学家们解释说，这可能是黑豹与美洲豹交配所生下的后代体内的黑色素失显而造成的。

译者序

西奥多·瓦尔德克（1894—1969）是一位美国探险家、猎人和作家。他分别于1912年和1924年出发前往非洲。1912年，他陪同梅克伦伯格公爵远征东非。1936年，他带领一支探险队前往英属圭亚那，寻找失踪的美国飞行员保罗·雷德芬。这本书中提到的白色美洲豹①，便是作者在1937—1938年最后一次远征英属圭亚那丛林时发现的。

通体雪白的美洲豹库玛，是这个丛林中独一无二的存在。它是兄弟姊妹中的老大，自小便不屑和弟弟妹妹们抱团取暖。在意外和妈妈走散后，库玛便开始了独当一面的丛林成长之旅。在本书中，读者们也将和库玛一起，从莽莽撞撞地在丛林中四处犯险，差点沦为他人的腹中之餐；到范水模山地向成年美洲豹偷师捕猎方法，狡猾地躲在树上伏击猎物……一路走来，丛林中的万物亦敌亦友，仅是猴科，就有在关键时刻为库

---

① 美洲豹又叫美洲虎，是现存第三大的猫科动物。它身上的花纹比较像豹，但整个身体的形状又更接近于虎。在猫科动物中，美洲豹的体型仅次于狮、虎。文中白色美洲豹是只患白化病的美洲豹，后文简称白豹。

玛敲响警钟的卷尾猴，也有在它落魄时极尽恶毒地嘲笑它的蜘蛛猴。而丛林中奉行自然法则，不可盲目自大、一腔孤勇。库玛便是在一次次的教训中成长起来的——它曾被吼猴徒有其表的吼声吓得发抖，极度畏惧这种毫无攻击力的动物；也曾因为水狗瘦小的体形错判它的攻击力，差点在水中丧命。在库玛的成长道路中，猎物是它的老师，敌人也是它的老师，它既遵循着自己的天性，也在克制着天性，因为这才是丛林中的生存之道。

成年后的库玛更是一次次揪着读者们的心，为了猎物险斗同类，几番躲避却还是落入了印第安人的圈套，绝地逢生后又与巨蟒殊死相搏……就这样，故事在惊险之中推向了高潮。

除了《白色美洲豹》一书外，瓦尔德克还留下了多部儿童作品，如《大象贾巴》《金色骏马》《狮子的狩猎》等等，狩猎和自然的天地是他最熟悉的领域。他带领着读者们穿越时间和空间，和他一起漫游在薄雾弥漫的热带雨林，抑或广袤无垠的东非大草原。我们会看到，其实人类和这自然天地中的万物一样，都在摸爬滚打中长大，不断学习着这个世界的法则。

目录
CONTENTS

译者序	001
一、奇怪的家伙	001
二、威猛的声音	009
三、孤独迷失	019
四、豹子本色	028
五、白色闪电	041
六、不共戴天的仇敌	050

七、陌生气味　　　　　　　　060

八、狡猾与狡猾的对决　　　　070

九、跟踪博伊斯　　　　　　　082

十、英雄相逢　　　　　　　　092

十一、在水上行走的人　　　　105

十二、"活"的树　　　　　　　118

十三、库玛的路　　　　　　　127

一、奇怪的家伙

"嗷——呜——！"

这是一声让人毛骨悚然的吼叫。声调悠长，悲怆，喉音低沉，但结尾却调高了音调，回荡在巴西丛林渐浓的暮色中，远传亚马孙河谷。

"嗷——呜——！"

这是一声令鸟兽安静下来的吼叫，就在这可怕的叫声之后几秒钟，丛林中万籁俱寂。只有毫无畏惧的蚂蚁、自成一团的蛇和可以逃到森林顶端的猴子没有理会这一声警告。其实，甚至连猴子的心跳也漏掉了几拍。

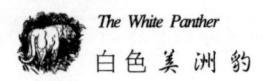
The White Panther
白色美洲豹

这是美洲豹的捕猎声——骄傲的,勇猛的,胜利的。

而在一棵巨大的莫拉树盘根错节的树根下,在一个洞穴深处的阴影中,潜伏着一个小家伙。听着那野蛮的叫声,它非但毫不害怕,反而满是得意。这不正是它的妈妈发出的吼声吗?不正是它的妈妈来给它送食物,来缓解它饿得直疼的肚子吗?它的妈妈——轻盈、无畏的丛林女王!

这个小家伙是白色的,白得仿佛可以和洁白的雪融为一体,白得像附近河底闪闪发光的石英卵石。它通体雪白——唯独乌黑的尾巴尖除外。

四只幼豹中最大的是库玛,由于大自然中一个不可思议的意外,使它变成了白色的,也令它变成了独一无二的。它不像蜷缩在它身边的弟弟和两个妹妹那样,它们都是黄色的躯体上覆着不规则的黑点。它长得也不像它的妈妈——它现在应该离它们不远了。

尽管它对一切毫不知情,但库玛——印第安人后来这样称呼它——与地球上的任何其他东西都不一样。这也难怪,因为这丝绒般的、闪亮的、不可思议的白色,在这无边无际的丛林里,它注定要像别的动物那样被当做猎物!

阳光穿过蔓生的梁木、藤蔓和树枝,很快地消失了。从遥远的天空传来了夜鹰三音节的黄昏之歌。但库玛没有注意时间和声音。狩猎的吼叫声告诉它,它的妈妈很快就会带着食物回家,除此之外它别无他想。库玛只有六个月大,个头还不到中型犬的大小,但却有了只有成年的野兽才懂得的饥饿感。它的肚子里仿佛爬满了无数火蚂蚁,啃食着它。它的弟弟和两个妹妹也饿了,它们呜咽着。

但库玛不会这样。尽管它很饿,但它那强烈的自尊心不允许它表现出这样的软弱,而且它对其他的弟弟妹妹非常轻蔑。它们呜咽个不停。这很糟糕——甚至很危险。它从来没有听到过妈妈的呜咽!

库玛恼怒地把它那长满白胡须的嘴转向弟弟妹妹,露出它那泛着冷光的白牙,发出一声轻柔但意味深长的咆哮。弟弟妹妹们马上就安静下来,它们明白,妈妈不在的时候,就由它们四个中最大的库玛当家做主。

库玛很高兴得以展示了一番自己的力量,但它仍然无法忘记饥饿带来的痛苦。它舔着侧肋,开始不耐烦地在狭窄的洞穴里踱来踱去,扭动着鼻子,徒劳地想闻到它熟悉的气味。妈妈难道不回来了吗?有那么一会儿,它想出去找它的妈妈——但这是被严令禁止的事。当它产生这个想法时,它能感觉到它尖锐的爪子弯曲起来,感觉到它日益增长的肌肉中充满了起伏的力量。但是,它还是不敢。

因为库玛曾经好好上过一课。它清楚它可以用爪子把别的幼崽拍得头朝下翻过去。但对它的妈妈,它不能这样做。它曾经试过一次,它的妈妈一怒之下打了它一下,结果打得它脑袋嗡嗡直响,全身疼了好几天。

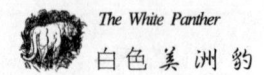

库玛不会忘记这一课,但它也还有许多其他的课要学。它还不知道在它妈妈毫无畏惧地漫步着的丛林中,还潜伏着许多危险;它还不知道,就在那丛林中,有巨大的蟒蛇,粗得像一棵树,可以把它压成糨糊,只把它视作一小块可以整个吞下去的嫩肉;它还不知道,如果黑豹想要杀死它的话,只要在它的喉咙上一咬,就可以轻而易举地做到;它还不知道,成群结队的野猪所带来的威胁,这些野猪虽然个头小,却毫无畏惧,一眨眼就能把敌人撕成碎片。库玛还有很多东西要学,但它却没有意识到自己的无知。

现在,饥饿令它的肚子剧痛,这使它变得易怒、暴躁。也许是为了安慰它,它的弟弟偷偷地走到它身边。可库玛一下子就燃起了怒火,猛地跑起来,动作像蛇发起进攻时一样快。它转身时伸出了前爪,于是,它的弟弟尖叫着被扔到了洞穴的另一边。库玛听到它摔倒在一根莫拉树的根茎上,接着便听到它又开始呜咽,库玛发出一声轻吼,这才吓得它不敢作声。

啊,这种感觉太好了!这就是力量!如果它的弟弟和两个妹妹真的想打败它,为什么它们三个不一起攻击它呢?它们都太愚蠢了,从来都没想到这一点。它当即就不再理会它们。它们软弱,愚蠢,不值得它去关注。而它则完全不同。它,库玛,是强壮、无畏的。但在它的一生中,库玛从未意识到它与别人最大、最惊人的不同之处——它是一只

一、奇怪的家伙

白豹。

这时它听到远处不断地传来一种阴沉的吼声。它小心翼翼地从被蕨类植物巧妙掩藏着的洞口向外张望。下雨了，不过这没什么稀奇的。几乎每天都下一点雨。有时甚至会有水倒流进窝里，而库玛和所有猫科动物一样，都讨厌水。

没错，大雨倾盆而下，确实比库玛以前见过的都要猛烈，但除此之外，还有别的动静。那吼声持续不断，而且似乎越来越响。朝外望去，库玛可以看到那些蕨类植物在摇曳，而藤本植物在半明半暗中疯狂地摇摆。还有那可怕的吼声——难道这声音永不停止吗？

它搞不明白这叫声，因此心里很害怕。环顾四周，它看见它的三个血亲惊恐地蜷缩在远处的一个角落里。突然间，库玛强烈地想偷偷走到它们身边，和它们挤在一起，感受它们的温暖，以此得到安慰。但它坚定地拒绝做出这样的软弱表现。库玛，它不是四个中最大最强壮的吗？

突然，它朝洞口抬起鼻子。它那颗猫科动物的心高兴得直跳。它的妈妈就在附近，就在巢穴外面！妈妈很快就会带着可以缓解饥饿的食物进来了，妈妈一回来，它就不会再感到害怕了。

库玛不知道，它的妈妈在进来之前，会小心翼翼地绕着巢穴所在的莫拉树绕上几圈，不断缩小圈子，以确保附近没

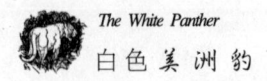

有敌人。因为她带着血腥味,而血腥味会引来各种各样的动物……

库玛又看了一眼其他同伴,它又开始对它的弟弟妹妹们不屑一顾了。它们真是蠢透了,还没有一个人知道妈妈就在外面呢!而库玛早就知道了。啊,它就是它们的老大,是四个同伴中最强壮、最聪明的那个!毫无疑问,它是一个聪明过人、天赋异禀的家伙。

不一会儿,另外三个都同时发现妈妈要回来了。它们不约而同地朝洞口走去。它们还只是半大的幼崽,蹒跚着走了几步,便笨手笨脚地撞在了一起,几乎都被卡在了洞口,而库玛在一旁默不作声,轻蔑地看着它们。

它们因为喜悦没心没肺地呜咽着。它们是那么无知,愚蠢到一不小心可能就会从洞口滚到黑暗的丛林里去,那里是它们的冒险禁地。

但库玛不会这样!从来不会!

库玛静静地坐着,等待着,举手投足间都彰显着一种有意识的尊严。它现在可以看到它的妈妈,闻到妈妈的气味。不仅如此,它还能闻到妈妈带来给它们吃的动物的血味。它闻出来了——一种浓郁的、令人满足的麝香——是野猪。野猪坚硬的皮和骨头正是它磨牙的好东西,野猪的肉也多汁,而血——嗯,没有什么能和血相比!

当库玛闻出了这是野猪的气味时,高兴极了。这对它来

一、奇怪的家伙

说太棒了,因为野猪可以让它变得更强壮,牙齿也更大、更锋利,比起它的兄弟姐妹,它可以轻而易举地对付这只凶猛的动物。它是它们的老大!它长大了,需要更多的食物。它一定要把那只野猪弄到手。

一如既往,妈妈推开蕨类植物,从新长出的嫩芽旁边走过。库玛觉得妈妈已经发现了它的狡猾,它的优越,以及在等待妈妈到来时,它平静的表现。它能感觉到妈妈的赞许,这使它在傲慢和自负中膨胀起来。

到了洞穴里,它的妈妈抖掉油亮的毛皮上的水珠,扔下了野猪——就是从这一刻起,库玛把它的虚荣抛到了脑后。它猛地扑向那只野猪。现在只有一个念头支配着它——用肉来缓解饥饿的痛苦,如果弟弟妹妹们敢上前,它就决不手软。

不过,它还是宽宏大量地给了它们一点点。渐渐地,当它把还热着的肉囫囵吞下时,肚子里的饥饿感也消失了。它把肚子填得像鼓面一样紧。当只剩下野猪的骨头时,它站起身来,伸个懒腰,打个呵欠,然后走到属于它自己的角落里,哼了一声倒在地上。接下来要做的事就是睡觉。

它睡着了,什么也不必关心,妈妈在它身边,它便觉得安心,妈妈可以处理任何有可能出现的紧急情况。然而,就像猫一样,甚至在睡觉的时候,它也能感觉到夜里的声响。它听到那条熟睡的蟒蛇喉管发出的隆隆声,像人一样打鼾;它听到金刚鹦鹉的尖叫声,也听到了硬尾鹦鹉的哀嚎;它听到

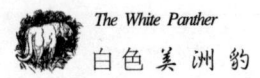

丛林里无数的低语。之前吓得它胆战心惊的吼声消失了,库玛的记忆也十分短暂,已经忘了这回事,没有意识到吼声的消逝。

后来,当库玛轻盈的身体休憩好了,再次醒来时,它发现自己又饿得要命了!这就是6个月大的"迅捷者"库玛的生活——就在灾难来临之前,就在世界要发生翻天覆地的变化,库玛被抛进了咆哮、危险、野蛮的世界之前。

二、威猛的声音

过了很短的时间,抑或是很长的时间,这都不重要,重要的是库玛已经饿了好几次,也已经吃了好几次了。可它太饿了,一直都吃不饱。而这正是它衡量时间的唯一标准,尽管它确实对时间的流逝毫无感觉。它知道什么时候是白天,什么时候是晚上,这就是它需要知道的一切。它知道,妈妈在家的时候会守护着它远离危险,而当妈妈不在的时候,它就必须照顾自己和弟弟妹妹们。它知道,无论白天还是晚上它都不能出去,除非妈妈在家,那样妈妈就会在弟弟妹妹们玩耍的时候保护好它们。库玛自己并不太在意玩耍。在它看来,这很

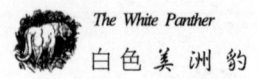

愚蠢。

某一天下午,无所畏惧的库玛听到了那可怕的声音——它一听到这个声音就止不住会感到一阵恐惧。当时,妈妈并不在它身边。但在这声音后,妈妈尽管什么地没捕到,也赶了回来。这声音甚至对她所追捕的猎物也产生了影响。那是一种巨大的、可怕的咆哮,从天蒙蒙亮的方向传来的,响彻整个森林。雨早在这吼声传来之前就急匆匆地落下,这场雨真可说来势汹汹。

这一次,库玛没有再试图阻止弟弟妹妹们的呜咽。因为它自己也害怕得呜咽起来,这是它第一次被吓成这个样子。不过,即使它哭了也没有什么关系,因为弟弟妹妹们已经都害怕得听不见它的声音了。

一条缀着斑点的棕色长条溜进了莫拉树下的洞穴——是它们的妈妈狩猎归来了。库玛能感觉到,妈妈自己也很害怕,或者说至少非常不安。因为它进来的时候停了下来,回头看了看来时的路,发出了一种它以前从未听过的声音,那是一种带着恐惧的声音,几乎就像是它的弟弟妹妹们的呜咽声一样。而向着晨光咆哮的声音似乎在追逐妈妈。妈妈把孩子们都赶到莫拉树的树根后面很远的地方,并决心用自己的身体来保护它们。

妈妈现在好像已经把库玛看作一个成年的帮手了,因为它把其他三个小家伙拢在了自己的身边,而对库玛,妈妈或多或少地让它自己作主。说实话,现在这个时候,它才不会因为自

二、威猛的声音

己不可一世的骄傲就不依偎在妈妈的身边。那可怕的吼声冲向洞穴,库玛的勇气还不足以面对如此的恐惧。它在洞穴里走来走去,随着时间的流逝,妈妈也变得越来越不安了。在洞穴入口外,那广阔而未知的世界里,肯定有什么事情不对劲。妈妈无法告诉它那是什么,它也猜不出来,而它的那些弟弟妹妹更是无能为力,只能哀号着。

现在,更奇怪的事情发生了,甚至是这棵莫拉树,也变得不对劲。雨水填满了整个森林,水在树下奔流。这些美洲豹们甚至连相对干燥一些的地方也很难找到。莫拉树高高地矗立在山坡上,河水冲走了它巨大的根茎所扎根的土壤。这大概是为什么当巨大的声音传来,可怕的风开始在这片森林中肆虐时,就连树也开始窸窣作响,不停摇摆。

那棵树摇摇晃晃地向山上爬去,发出噼里啪啦的声音,不停地抗议,几乎像在尖叫。接着,它又摇晃着下山,依旧噼里啪啦地响着,抗议的声音更大了。而且,土壤也被这棵大树的根茎连带着动了起来,而这土壤正是洞穴里原本坚硬结实的地面。

一个巨大的地埂正好穿过洞穴的中心。起初这里只有被美洲豹们用爪子和滚来滚去的身体打磨平滑的地面,哪里有什么地埂。但就在树前后摇晃之后,这条地埂便出现了。过了一会儿,地埂所在的地方出现了一条巨大的、光秃秃的莫拉树根,这是库玛完全没有想到的。

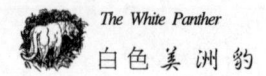

这时,除了来回摆动之外,大树竟开始扭曲起来,水在树根间流动得更快了,风雨交加,发出巨大的声响,听起来可怕极了。讨厌水,还要被水包围着,就已经够糟糕的了,但看到树在风中摇摆,再听到风的轰鸣声,就更糟糕了。

而库玛正为自己的安全担忧,尤其是当树摇晃着往山下越走越远,似乎一点也没有后退时,它像一个受惊的孩子似的,狂吠着,未经允许就跑到雨中去了,而且,这是头一次,它完全没有思量丛林中可能存在的危险。它感觉到,此刻待在莫拉树下会更加危险。

妈妈感觉到了同样的事情,但没有库玛那么快。妈妈嘴里叼着库玛的弟弟,跟在它后面跑了出来。这时,树倒了下来,发出了有史以来最可怕、最强烈的声响,而它们三个刚好走到树伤害不到的地方。

库玛不去想还被困在树根下的妹妹们,但几乎在那棵树完全倒下前,它的妈妈就跑了回去。可随后库玛在树倒下时,就听到了妹妹们的尖叫,它知道妈妈已经完全没有必要再回去了。很快,妈妈就回到了它和弟弟身边,没有把妹妹们带出来——它已经猜到了。妈妈又把弟弟衔在嘴里,带领着它走进了森林幽黑的小路。大雨把它们淋得浑身湿透,森林里到处都是其他大树倒下的轰隆声。强有力的风声和雨声,响彻整座森林。

不需要任何暗示,库玛就知道它必须跟着妈妈。它非常需

二、威猛的声音

要妈妈的勇气。它紧紧跟在妈妈后面，走得很近，如果有影子的话，它们的影子会叠成一个长长的影子。走着走着，它身上越来越湿，不时地回头看一看。

肯定有个什么黑乎乎的东西紧跟在它后面，几乎踩着它的脚后跟。而这是个非常黑暗、嘈杂的东西。虽然两边和前方都是一望无际的黑暗，但它认为只有身后的黑暗才是最可怕的。那个东西一直跟着它，却一直没抓它，但它总觉得有一种威胁感——只要它一看向别处，那东西就会抓住它。

其实那只不过是森林中的黑暗罢了，只不过它还太小，尚未明白。

妈妈却对此毫不在意，开始往山坡上爬——至于是否还是那座有莫拉树的山坡，它不确定。它累了，觉得自己好像走了太多路，如果妈妈能背着它走一会儿，它大概就没事儿了，也不会觉得这样会伤害到它的自尊。但妈妈却没有，而且一路上也没有休息。

就这样，库玛第一次真正地得以瞥见洞穴外这广阔的世界，这个世界终有一天会成为它的地盘。在此之前，它的世界一直局限在巢穴的围墙之内。而此刻，它对这无边无际的丛林又惊又怕，对从四面八方传来的奇怪而又难以理解的声响感到害怕。

妈妈一直带着它往前走，穿过一排排蕨类植物；穿过蔓生的藤本植物——这些藤本植物明明是从地上长出来的，却又像

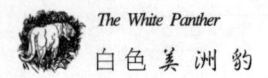

悬挂在天空中；穿过攀缘植物——库玛被藤蔓纠缠绊倒，灌木丛撕扯着它光滑的皮毛，留下一丛丛白色的毛。

在这杂乱的草丛和灌木丛之上，耸立着许多直插云天的树木——威猛的巴拉曼蒂和莫拉树，绿色的金鸡纳树、腰果树、绿心树等各类树木。树木在库玛的上方形成了一个屋顶，挡住了光线，遮住了天空。从那里，传来了无数栖息在丛林屋顶上的居民困惑的叫声。

黄色的金刚鹦鹉和绿色凤头鹦鹉仍然对风暴的影响感到不安，发出刺耳的尖叫。蓝背金丝雀紧张地四处乱飞。长尾小鹦鹉在树枝之间乱蹿。巨嘴鸟、海鹦、铃鸟、皮塔画眉鸟——这些鸟和其他几十种鸟一起，加入了合唱。还有环尾猴、僧帽猴和卷尾猴——猴子们不停地、兴奋地叽叽喳喳着。

库玛想试着勇敢起来，但它的心怦怦直跳。这个世界是多么辽阔，多么可怕啊！是如此无边无际，如此令人敬畏！它隐约感觉到，这里一定充满了它一无所知的隐患。是否会有一天，它能自信、勇敢、无所畏惧地穿过丛林呢？

库玛紧紧地跟在妈妈的身后。它不顾自己心中的敬畏，不顾自己的疲倦和顾虑，竭力模仿妈妈的一举一动。当妈妈停下来四处张望，嗅着微风时，它也停下来嗅着，尽管它没有看到也没有闻到任何东西。当妈妈优雅而有力地跳过一根倒下的木头时，它也尽力以同样的优雅，平稳地跃过。

库玛注意到妈妈在穿过蔓藤和带刺的灌木丛时几乎没有困

二、威猛的声音

难,可这些蔓藤和荆棘却残忍地撕扯着它。它观察到妈妈小心翼翼地走着,从狭窄的地方滑过,起伏的颤动使妈妈的身体看起来似乎是在流动一般。库玛模仿着妈妈,虽然疲倦和经验的匮乏令它步履蹒跚,但已经有了很大进步。

最后,妈妈在一棵大树黑幽幽的大洞前停下,这棵大树在前一场风暴中倒下了,让库玛不想再去回忆。妈妈把弟弟推到山谷里,明确地告诉它必须待在那里,接着,第一次把注意力放在了库玛身上。

妈妈的这一举动让库玛感到无比自豪。弟弟必须被妈妈衔着,但它却没有!弟弟仍然被妈妈当作幼崽对待,但它,库玛——妈妈几乎平等地对待它!

它很骄傲,但比起骄傲,此刻的它还是更加疲累。它真希望现在能休息一下,希望妈妈能去给它找些肉吃。但是,不,妈妈没有让它留下来的意思。妈妈用一种它再熟悉不过的语言告诉它,它要陪妈妈到别的地方去,而弟弟要待在那空心的木头里。库玛休息了一两分钟后,便觉得体力又恢复了。而且,雨已经停了,黑暗正从四面八方向森林里蔓延,所以,也许刚刚根本不是夜晚,仅仅是暴风雨所造成的黑暗。此时,它的恐惧也消失了。

因为妈妈不再用嘴衔着弟弟,所以再次出发时,妈妈走得更快了。库玛也再次跟在了妈妈后面。它心里想:这不仅是妈妈第一次带它去打猎,也许还会给它上一课,教教它是怎么打

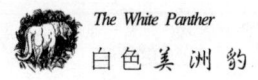
The White Panther
白色美洲豹

猎的。

它立刻忘记了自己的疲劳,尽管它永远不会忘记雨、风,以及压碎了它两个妹妹的莫拉树噼里啪啦的声音。对于两个妹妹,它倒是并不特别在意。它们的离开,反而让它能从妈妈带来的每一件猎物中得到更多的食物。

妈妈突然俯身在地,一动不动地蹲着,只有尾巴尖上三四英寸的地方急促地抖动着,一点声音也没有。

库玛也停了下来。像它妈妈一样蜷伏着,一动也不动,它发现它那乌黑的尾巴尖——也会轻微地、敏锐地、短促地抖动,一声不出。

"这次停下来是为了什么?"它很好奇。接着,它闻到了气味——是一只长得过大的豚鼠。它不明白为什么要如此小心,这没有什么危险的。当然,豚鼠很美味,但追踪它时根本不必这么小心。妈妈应该更清楚这些。

库玛看到这只豚鼠在风暴过后的森林走廊中越走越近,豚鼠完全没有意识到它正走向带着尖牙的"白色闪电"。为什么对这个无助的小东西如此小心?库玛瞧不起这只小动物。它动了动,打算跳出去,亲手杀了它。妈妈向左边稍稍动了动头,动作小到几乎没有动一般。但这样一来,库玛便看到了妈妈恶狠狠地看着它,咧开上唇,在无声的咆哮中,似乎清楚地说:

"别动,你这笨蛋!"

于是,库玛保持着之前的动作,蜷缩着身子,抖动着尾巴

二、威猛的声音

尖,等待着。然后,一条长着斑点的棕色长条状从它身边蹿了出去——妈妈离开了它。即使在最后一刻,拉巴也几乎没有意识到它身上发生了什么。妈妈把拉巴弄得滚来滚去。库玛立马跳到了妈妈的身后,对于像它这样体形的美洲豹来说,这真是一个巨大而有力的跳跃。它为自己的妈妈感到羞愧。尽管妈妈的体形很大,而拉巴是那么小,但妈妈还是没能杀死它。但也许,事情并不像看上去的那样。也许……

妈妈意味深长地注视着库玛,似乎在等着它。聪明的库玛立马明白了——妈妈并没有打算杀死,而是把这个令人愉悦的任务留给了它最大的孩子。于是,库玛回忆起之前学到的一切——它蹲下身子,前后摆动着尾巴,瞪着无助的拉巴。这时它已经恢复了清醒,爬开,试着重复着它那惊人的一跳——那一跳很野蛮,仿佛它在攻击一群野猪或一头鹿。

库玛精准地击中猎物。就在妈妈发出杀敌的信号时,它成功捕杀了猎物。然后,库玛自己也连忙学着,发出了它的第一个胜利的嚎叫。库玛已经进步到了一个重要阶段。

捕杀完毕后,它想吃了拉巴,但是妈妈不同意,不过允许它衔着它的战利品。在返回空心圆木的路上,妈妈又捕杀了一只刺豚鼠,所以它们的第一次狩猎之旅相当成功。它学会了许多东西:如何在森林中行走而不被灌木丛绊倒,如何埋伏着等待,如何冲锋,如何发动致命一击,如何忍着饥饿把猎物带回

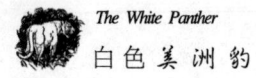

家再吃掉。

家——就是那空心的原木。但是出事了,库玛的弟弟不见了。比起库玛,妈妈更担心弟弟。妈妈把库玛、拉巴和刺豚鼠留在空心的木头前,迅速地沿着弟弟留下的足迹寻去。库玛吃了个痛快,然后爬进了圆木,睡着了。

后来,等它醒来的时候,它才开始好奇弟弟究竟发生了什么事,为什么妈妈也没有回来。

三、孤独迷失

因为以前妈妈从来都不允许它一个人离开家，所以库玛就在那棵空木头旁边待了好几个小时。就这样，它越来越饿，很快就几乎无法忍受了。然而它的妈妈和弟弟都没有回来。它能闻到妈妈的足迹，跟着足迹离开圆木。但那根木头就代表着妈妈和它的安全，所以它总是往后退，就好像是丛林把它追了回来。它慢慢地离开那根木头，一边走一边嗅着，调动全身的器官警觉着，警惕着四面八方的危险。但又会以最快的速度冲回圆木。

然而，随着饥饿的增加，它越走越远。妈妈离开的时间比

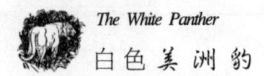

以前任何一次都长。库玛越来越不安。偶尔，它能听到森林里美洲豹的叫声，但那不是它妈妈的叫声，每一只的叫声都蕴藏着危险。它还听到了其他声音，似乎都很可怕。

但是饥饿是无法消除的，所以它越走越远，每走一次，它就愈发有勇气。最后，当它再次想转身冲回去的时候，它只是停下来，回头看了看。什么事也没有发生，这似乎证明，它以前跑回去其实并没有什么理由。其实离空心圆木远一点，好像也不会更危险。

库玛带着愈发坚实的勇气，踩着四只大爪子稳步继续前行。妈妈循着弟弟的足迹，而它现在循着它们两个的足迹。妈妈在哪儿，哪儿就有食物——它必须吃的食物。对它来说，做一个好的森林居民是一件简单的、本能的事情。妈妈和弟弟的脚印上沾染着它们的气味。它回头看了看那根空木头几次，此刻对它来说，那里就是它的家。但最后，它根本就不回头看了。就在那一刻，当它忘记了那根木头，不再回头看时，它成了流浪族的一员。从此它无家可归。从现在起，它成了一个流浪者，一个不知疲倦的流浪者，只有在它需要休息的时候，才会找地方寻求庇护。

库玛跟着妈妈和弟弟的足迹走了很长一段时间，气味带领着它穿过纠缠着它的灌木丛，穿过山谷，爬上小山。最后，气味消失了，被另一条几乎直接穿过森林的神秘小径吞没了。

这是库玛以前从未见过的东西，这条路吞噬了一切活着的

三、孤独迷失

或移动的东西。它不知道,这就是一支安静的丛林蚂蚁大军。尽管它想尽办法去寻觅妈妈的足迹,但就是找不到。

就在那时,库玛本能地意识到它真的是独身一人了。它再也见不到妈妈了。像丛林里所有猫科动物的习性一样,既然它已经足够大了,也足够强壮了,妈妈就让它自己去谋生。妈妈养育了它,照顾它,喂养它,看着它变得越来越勇敢和狡猾——然后离开了它。

独身一人——完全靠它自己!而它现在饿极了!

它嗅了嗅空气,飘来的是它记得的气味——那是妈妈给它带来食物的气味。它知道,如果跟着这些气味走,最终就会找到有食物的地方。

它立刻变成了一只小心谨慎、沉默寡言的美洲豹,这是大自然和妈妈教给它的一课。它蹑手蹑脚地穿过矮树丛,在满是树叶的泥土上几乎没有发出一点声音。猎物的气味在它的鼻孔里越来越浓。它能嗅到上风的气味,但敌人的气味却不会逆风飘来。它的内心深处响起了警告的声音,因此它必须调动所有的感官。它转过身来,虽然已经饿得半死,但还是停了下来,回头看了看。

当库玛在跟踪一只鬣蜥①时,一只豹猫也在跟踪库玛。这只同为猫科动物的"表亲"对库玛毫无好感。它不是一只成熟美洲豹的对手,不过,虽然库玛还只是半大,身上就已经有一股

---

① 它是中美洲、南美洲及加勒比海地区特有的一种蜥蜴,主食昆虫、植物。

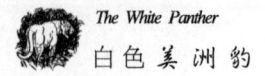

美洲豹的凶狠了。库玛刚转过身,豹猫就知道它被发现了,这时,另外一只豹猫扑向了库玛。

库玛还从来没有打过架。它知道敌人比它大太多了,它知道,这是身处在森林中终究可能会遇到的危险。正是因为这样的危险,它犹豫了那么久才离开空心木头。当然,它还不会谋划推理。只是看到了那只豹猫,发现对它来说太大了,它就飞快地跑开以保全自己。

但是库玛能有多快的速度呢?它有机会跑赢一只成年豹猫吗?它不知道。它只知道,它必须用尽全力全速奔跑,才能逃过它"表亲"敌人的尖牙利爪。它找到了穿过森林的路。它用尽全身强壮的肌肉,压低身体,像是贴着地面似的狂奔。在它身后,那只豹猫离它非常近,近到听到了豹猫的低吼。到目前为止,另一只豹猫还没有接近它,也没有机会接近它了,因为库玛决定迈更大的步子,加快速度。

但为什么当库玛不想被抓住时,豹猫却坚持要追它?豹猫自己不疲倦吗?库玛坚定地想,无论豹猫多么强壮,无论它多么冷酷地锲而不舍,库玛都要保持自己在前面,不让那些尖牙和利爪够着。

时间一分一秒地过去了,库玛仍然没有被抓住,在这只年轻的美洲豹强有力地跳动着的心脏里,一种疯狂的兴奋滋长起来。凭借双腿的力量,它正在逃离危险,逃离那只比它年纪大得多的豹猫。它很狡猾,没有转身去战斗。身后的豹猫势如破

三、孤独迷失

竹,甚至追上了它。不过,库玛在追逐的刺激下,尽管很累,但似乎又恢复了一些体力。过了一会儿,它不敢回头看,但敏锐的耳朵告诉它,豹猫落在后面了。

库玛,还只是个孩子,就跑得比豹猫还快。这是一件值得骄傲的事!库玛产生了胜利者的骄傲。如果它专心致志,肌肉也变得更强壮,那它可以跑得越来越快。它向右蹿去,就像从树干上蹿出的一道火焰。又向左蹿去,利用所有掩护,沿着只有它才能找到的树林小路走。它跳过大石头,绕着树打转,以几乎最快的速度穿过灌木丛。它的紧张,现在变成了一种激烈的喜悦,越升越高。

它现在几乎听不见豹猫的声音了。当然,在库玛跑远之后,豹猫还能跟着库玛的脚印走。但过了一段时间,库玛大着胆子放慢了脚步。豹猫始终没有出现。于是,库玛绕了回来,想找到它的气味。却没有找到一丝敌人出现的迹象。

库玛一动不动地站在一片灌木丛中,这片灌木丛几乎可以完全遮住一只正常颜色的美洲豹。它的举动是出于本能,但本能的直觉并没有告诉它,它的毛色与众不同。任何人,即使不是猎人,也能看见它就在那里站着。但是它不知道。它等啊等,等待着豹猫的到来,等待着它的敌人归来,这样它就可以继续冲刺。时间一分一秒地过去了,豹猫没有来,隐约间,它感觉有些失落。这场赛跑虽然是一场与死亡的赛跑,但却是一件令人兴奋而又疯狂的事情。当它意识到豹猫追不上它时,它

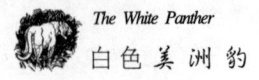

就已经乐在其中了。

于是，它再次感觉到了饥饿，想起了鬣蜥的气味。鬣蜥的肉多汁可口。它不知道它们是否危险。它重新开始打猎，但与豹猫的经历让它的感官更加敏锐起来。这是妈妈无论如何都无法教给它的经验。不过，它并不感激豹猫。在库玛的内心深处，是不会对任何事情心存感激的。

过了一会儿，它找到了所寻找的气味——鬣蜥。现在它要做的就是找到那只鬣蜥，便又开始跟着气味走。在它的鼻孔里，那股气味越来越强烈。它离得非常近了，真的非常近了。它舔舔那长满白须的嘴唇，期待着大快朵颐。它是一个白色的影子，像一团蠕动的薄雾，朝它看不见的猎物流动；而那只鬣蜥，还没有意识到它的到来。一场丛林中的好戏即将上演。

朝鬣蜥走去的库玛也没有忘记那只豹猫。豹猫可能也在追踪鬣蜥。它可能会再次意外地碰到那个敢于在树林里全速追赶它的动物。

现在库玛知道鬣蜥已近在咫尺。它像妈妈那样，趴在地上。它的黑色尾巴尖开始左右摆动。库玛已经做好了纵身一跳的准备，它知道它要跳多远。现在，如果那只鬣蜥移动……

鬣蜥发现了蹲着的库玛。此刻，库玛正瞪大了眼睛看着它——它的动作十分缓慢，难以判断。人的眼睛，即使是印度人的眼睛，也看不出那只鬣蜥正在移动的脑袋。但库玛的眼睛捕捉到了这一动作，它第一次看到一只活鬣蜥。如果库玛能用

三、孤独迷失

爪子和尖牙撕破鬣蜥长满鳞片的皮肤，就能饱餐一顿。

库玛跳了一下。鬣蜥移动得更快了。这只爬行动物撤退时穿过树叶的声音，就像许多动物惊跑的声音。鬣蜥一般情况下都是静止不动的，但当它移动时，力量就会爆发出来。库玛锋利的爪子刚好与鬣蜥扫来扫去的尾巴擦身而过——这只鬣蜥像一条棕色的条纹一样，爬上了树。

还有很多要学的库玛站在树下向上看。那只鬣蜥似乎正从它头顶上方的一根树枝上嘲笑它。像所有猫科一样，库玛会坐下来，严肃地思考这件事。它的头一会儿转到一边，一会儿又转到另一边，毫无疑问，它的脑子里满是各种各样的计划。但爬上这棵树对它来说太难了。

它对鬣蜥的怒气开始上升。这个长着鳞片的动物怎么敢在自己饿的时候逃跑？它咆哮着，朝那只鬣蜥吐口水。但这只爬行动物似乎毫不在意，甚至有一点轻蔑。库玛生气极了，忘记了其他一切，沉浸在失败的愤怒中，因此，也忘记了豹猫的存在——它像一颗子弹一样从下风口的丛林里飞出来，撞向了库玛，张牙舞爪。但是命运再次眷顾了库玛这个初出茅庐的孩子。

库玛受伤了，伤口很深，剧烈的疼痛胜过了它对鬣蜥的愤怒——鬣蜥在树上看着这一切，却没有什么兴趣。库玛被打倒在地，豹猫紧跟着它，露出尖牙，举起利爪，准备一击致命，了结了它。

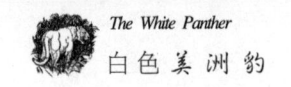

The White Panther
白色美洲豹

必须承认，库玛哭喊着，希望它的妈妈或者任何能把它从豹猫的暴怒中拯救出来的同类来帮帮它。但是没有同类听到它的声音——或是听到了，正在赶过来——库玛自己都不知道它是何时从地上爬起来，开始奔跑的。库玛反应过来的时候，自己已经跌跌撞撞地站了起来，而且跑得比以往任何时候都快，甚至比它第一次与豹猫赛跑的高潮时还快。

这只豹猫只是擦过了库玛黑色的尾巴尖，库玛马上就下决心，绝不能再让任何一只豹猫靠近了。它跑啊跑，一直跑。这一次，豹猫更早地放弃了，肯定是想起上次的追击中自己是如何被远远地抛在后面的。

库玛也比上一次更早地意识到豹猫已经撤退了。它停下来舔舐伤口，恐惧变成了愤怒。它绝对不喜欢豹猫，鬣蜥也一样。

舔舐自己的伤口也无法减轻它的饥饿。它继续寻觅鬣蜥，靠着它的鼻子，找到了另一只藏在灌木丛中的鬣蜥。这一次，它会跳得更快，击得更猛，一定不会失手。同时，鬣蜥看见了它，逃走了，就像第一只那样蹿上了树。一种从未有过的愤怒在库玛心中涌动，因为它又一次失败了。它气得跳了起来，撞在树上，也只是碰到了鬣蜥的尾巴。

接着，库玛就发现了一个令人惊讶的事。它四脚一碰着树皮，爪子便如利刃出鞘般弹了出来，抓进树干里。离开地面的库玛发现自己竟然轻而易举地就能爬上鬣蜥逃到安全地带的那

三、孤独迷失

棵树。

多亏了它的爪子，它没有掉下去！这真是一个惊人的、又令人愉快的发现。

它舒展肌肉，爪子都没有滑掉，甚至抓得更深了。库玛弯了弯前腿，拉伸躯干。肌腱的力量使它喜悦。它偶然发现了一种猫都知道又必须学的本领：爬树！它把一只前脚放在另一只前面，爪子就自己埋进了树干里。然后它如法炮制，抬起它的后脚。原来爬树这么简单。

库玛抬头盯着鬣蜥。鬣蜥爬得越来越快。它的嘴唇抖动，发出无声的咆哮——也许应该说是无声的窃喜。

鬣蜥紧紧地抱着高枝，瞪大双眼，低头死死盯着库玛。

库玛抬起头，一边爬一边"笑"。

四、豹子本色

在第一次亲手尝试中,库玛学会了两件非常重要的事情:第一件是它必须动作敏捷,头脑灵活,以免惹上大麻烦,至少在它长大之前是这样;第二件就是它学会了爬树。它还了解到,当你爬上一棵树时,你所追随的动物可能会跳到相邻的一棵树上,以此最终逃脱,因此库玛不得不追赶鬣蜥很多次,才抓住了它,填饱了自己的肚子。

饱餐一顿后,它突然想到,既然它学会了爬树,那就趁无事可做的时候去爬树吧。肚子里塞满了多汁的鬣蜥,要想快速爬上去就比较困难了。但库玛上了树,发现了一根大树枝,这

四、豹子本色

倒是个休息的好地方。会爬树的动物大概不是很多,有鬣蜥,但它们并不危险。豹猫可能也会爬树,但即使库玛睡着了,也能闻到它们的气味。

它睡了一觉,就去四处游荡了。一两天后,它对自由自在的生活越来越感兴趣,它跑得很快,有能力追捕敌人或食物,不知道它是否还记得妈妈和弟弟的事,总之对它没有什么影响。

库玛对另一件事也充满了好奇:当它小时候和家人住在莫拉树根洞里时,哄它入睡的奔流声——那遥远河流的声音。循着猎物的气味,它也循着声音,想去那里看看。

它周身泛着白光,穿过丛林,河水的咆哮声越来越大。前后左右,都有不同的声音传来。

因为口渴,许多动物都在朝同一个方向行进,有时库玛自己也会感到口渴,也会向那个方向跑去。如果有别的动物到大溪旁去的话,一定会有很好的狩猎机会。

所以,当离河还有一段距离时,库玛就变得像它猎食动物时一样警觉和小心。巨大的咆哮声从那里传来——那里可能有食物,也可能有危险。

它这一路上,空气中弥漫着许多气味。在一条阴凉的、几乎看不清的地道里,它闻到了美洲豹的气味,得知有它的同类来附近河边饮水。它们的气味让它倍感愉悦,但库玛还没有产生对陪伴的渴望。据它所知,它们可能会像豹猫那样对待自

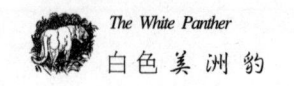

己。在对自己被抛入这个残酷的世界了解得更多之前，最好还是远离尘嚣。

突然，森林似乎在它耳边崩塌，它吓得呜咽着爬了下去。那声音——那可怕的、令人颤抖的吼声！究竟是什么声音？从何而来？

库玛慌慌张张地转身逃跑，可突然间，它强烈的自尊心又恢复了。它是库玛，不是胆小的拉巴，也不是偷偷摸摸的刺豚鼠，怎么能一听到声音就逃跑！然而，当它站在原地，试图找出喧闹声的来源时，它的腿不由自主地颤抖起来。除了周围的树木，它什么也看不见。接着又传来可怕的隆隆声——库玛又鼓起了全部的勇气，才没有慌慌张张地落荒而逃。

它现在发现，那可怕的喧闹声不是来自地面，而是来自上面。它抬头一看，终于看到了源头——一只猴子！这是红吼猴，它猛吸一口气，膜状喉咙就会像气球一样膨胀，再吹出时，就有令大地颤抖的力量。

它危险吗？它会从树上跳下来攻击自己吗？库玛不知道。能发出如此凶猛叫声的动物，战斗起来一定邪恶可怖。然而这只猴子没有向库玛移动。相反，它似乎急于在库玛上空保持谨慎的距离。

虽然很紧张，但终究还是好奇心更胜一筹，库玛鼓起勇气，佯装要爬上猴子蹲着的那棵树。真是奇迹中的奇迹——这只动物仓惶而逃，从一棵树荡到另一棵树，很快就从视线中消失了。库玛想了想：当时这个动物就只是在制造噪音罢了，而且显然它不能造成危险。看来，似乎无法从敌人发出的声音来判断威力。啊，丛林是一个多么奇怪和神秘的地方啊！

库玛到了一条小溪边。水的味道很好，如果不把脚弄湿就能喝到的话就更好了。目光所及之处没有任何危险，于是库玛蹑手蹑脚地靠近小溪。它还不知道潜伏在水里的危险。它必须万分小心应对这些潜在的危险。在它成为一只成年美洲豹之前，它会莽撞地闯入危险中，还会为了逃脱，莽撞地闯入另一个危险中。

疾驰的流水发出令人兴奋的声音，鸟儿在树上叽叽喳喳地叫。各种各样的猴子对着库玛咆哮，向它扔东西。它决定，等下次再饿的时候，让这些没礼貌的家伙看看自己会怎么收拾它们。是的，它必须给猴子们一个教训。很明显，别的美洲豹没有做到这一点，不然猴子现在就不会那么烦人了。

库玛深知，有朝一日总要去追这些叽叽喳喳的坏家伙，对于刚刚进食过的它来说，现在还为时过早。它到河边来是出于好奇，现在，它就要去满足它的好奇心。

库玛一走近其他动物，鹿就飞奔而去，拉巴和刺豚鼠也四散跑开，而库玛自觉骄傲，沉浸在自我满足中，昂首阔步地向水边走。虽然它还没有成为一只令人生畏的成年美洲豹，但它身上散发着的就是美洲豹的气味，这是丛林里的动物们所知道和害怕的气味。

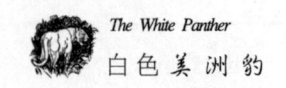

走近岸边时，它突然停住了。水里有个东西，一半在水里，一半露在水面上，看上去像一根下端粗壮而上端尖细的木棒，上面覆盖着厚厚的、鳞片状的树皮。

但突然，这木头动了！

库玛惊呆了，怔怔地盯着它。这根木头又轻轻移动了一下，库玛绝对没有看错！库玛推断，如果它动了，那它一定是活的。如果它是活的，那它一定是能吃掉的。虽然库玛还没有真正感到饥饿，但这是对它的好奇心和冒险精神的挑战，它无法抗拒。

轻轻一跃，库玛咬住了这只木头般的生物，牙齿咬进了那闻起来令人作呕、坚硬的厚皮里。就在那一刹那，那个怪物突然动了起来，吓了库玛一大跳。沉重的尾巴像鞭子一样抽打着，重重地打在库玛的身上，挣开了它的束缚。随着一声惊叫，库玛感到自己在空中飞行——然后扑通一声掉进了水里。

它吓得四肢瘫软。它确实应该感到害怕，因为它打断了一条短吻鳄的午睡。短吻鳄是丛林中最危险的动物之一，它那扁而长的嘴巴有一种不可思议的力量，可以把猫的脊骨像树枝一样折断。

库玛掉进水里，大口喘着气。可它吸入的不是空气，而是水——水刺痛了它的肺，令它发疯。就在那时，库玛发现它会游泳。纯粹的本能驱使它抬起腿，向水面扑去。当它的头露出水面时，它又吸到了空气，真是幸运！它及时看见了身后有一

四、豹子本色

张打哈欠、咧着嘴笑的大嘴,边缘上长着可怕的牙齿。

在极端恐惧的情况下,库玛连忙向河岸游去。鳄鱼离它只有几英尺远,但却以惊人的速度向它扑来,越来越快,越来越快。

它的脑袋昏昏沉沉的,心怦怦直跳,库玛几乎能感觉到追赶着它的这个家伙恶毒的呼吸。它的脚触到了底,就连忙疯狂地猛冲了一下,跃出水面,落在长满青草的岸边。在它身后,离它很近的地方,它听到了巨大的上下颚闭合的声音——一定是擦过了它黑色的尾巴尖。

那是砰的一声巨响,震耳欲聋。它再也不愿听到离它这么近的声音了。库玛头也不回地跑过沼泽草,冲上山坡,闪身进了丛林。

直到离开了小溪很远它才停了下来。它的四肢还在颤抖,它的骄傲被吓得支离破碎。当时的那段经历变成一个教训,铭刻在它的脑海里,它永远都不会忘记。从此,它再也不会去招惹那个看起来像木头似的却长着深渊般巨嘴的家伙了。再也不会了!

库玛使劲抖了抖身子,在树叶上打滚,突然发现,这偶然的遭遇让它饿了。它又想起了曾经妈妈带回莫拉树洞的食物。野猪!但问题是,如何猎杀野猪呢?似乎只有一个答案。要猎野猪,只要到野猪所在的地方去就行了。气味可以带着它找到鼷鼱,那也能带着它找到野猪。它想吃野猪肉。

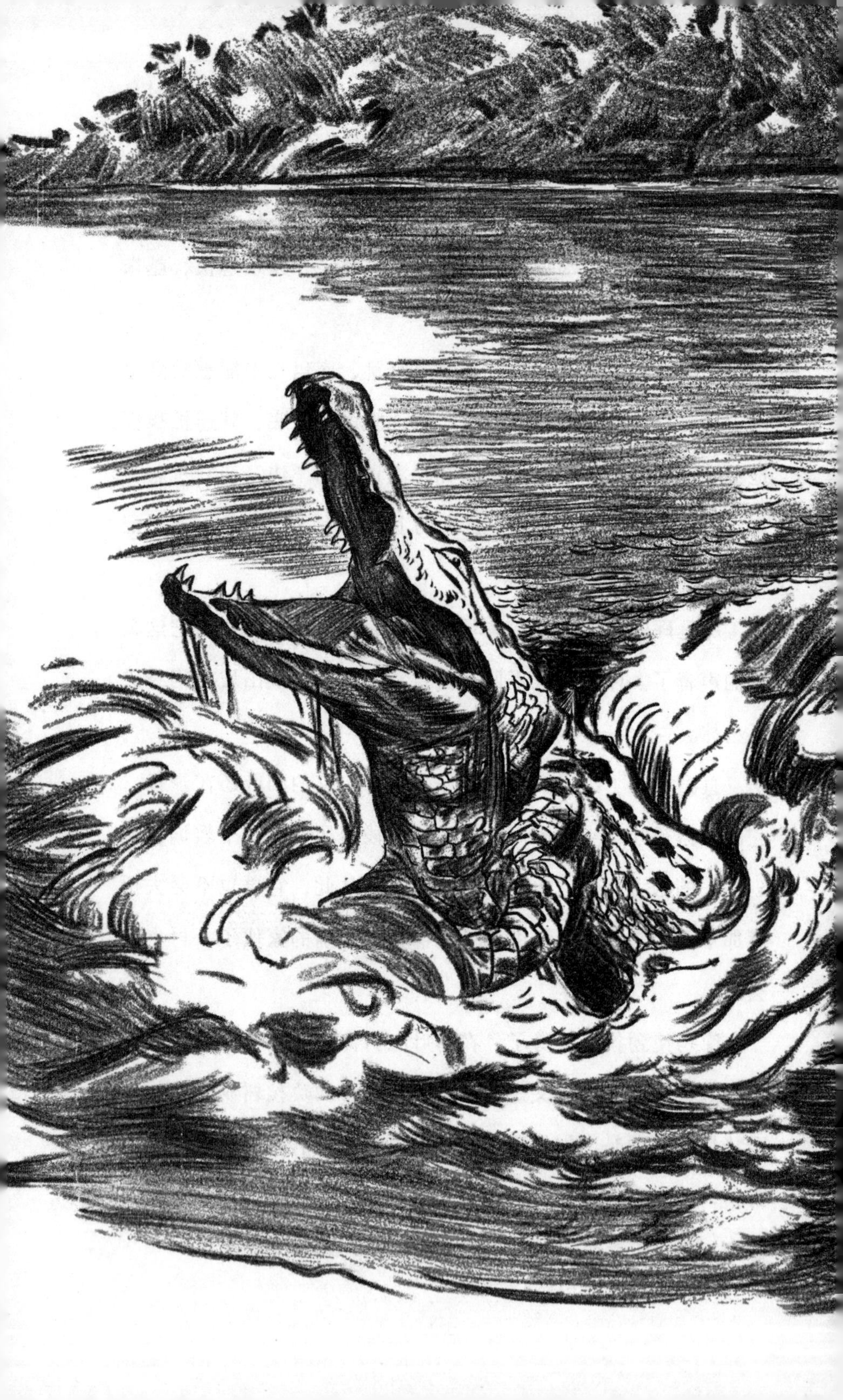

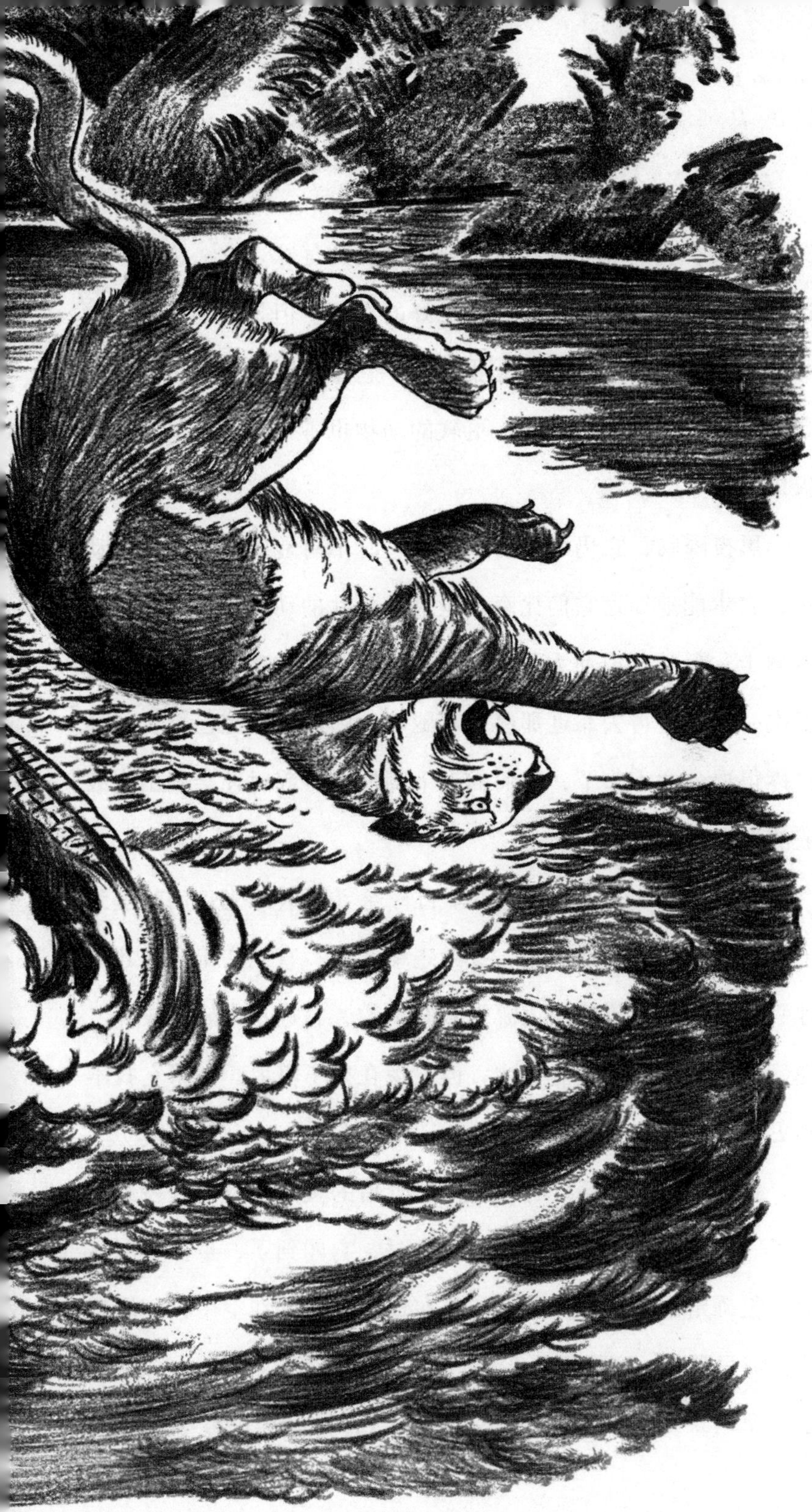

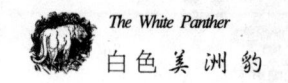

它下定决心,开始打猎。像往常一样,它轻松而快速地穿过丛林,它的鼻孔颤动着,寻找野猪的气味。它一边跑,一边闻到许多东西的味道,许多美好的东西。但是本能驱使着它寻觅野猪的气味,它迟早会找到的。它朦朦胧胧地意识到野猪是它这一族的最爱。更小、更软的动物也不错,但野猪才最合胃口!

黑夜降临,它仍继续前进着。它时不时地躲开那些爬行动物,它本能地知道它们比森林里最大最壮的动物还要致命。它走啊走,但从不离河太远,因为它有时会回来喝水——不过它下次一定不会再去靠近那些长着腿和大嘴巴、用尾巴把自己抽得疼得要命的木头了,它们的上下嘴撞在一起时还会发出击鼓般的声音。

它的眼睛在黑暗中一会儿血红一会儿泛着绿光。动物嗅到了它的气味,惊恐地逃跑,或者蜷缩起来,直到它走过去才敢呼吸。每一次库玛都知道哪里藏有猎物,它也从未轻易放弃。嗯,这里确实有大量的食物,但它现在并不需要,如果它找不到更好的,它再来抓这些充饥。

到了早晨,它还没有闻到任何野猪的气味,尽管它已经来到了一个完全陌生的地方。就在这时,它闻到了,虽然微弱,但它很确定这是什么。这气味不在地上,而是在空中,随风飘荡。那只野猪一定是朝它走来了。

库玛垂涎欲滴地期待着。它小心翼翼地穿过蔓生的藤本

四、豹子本色

植物，穿过浓密的灌木丛，朝气味的方向走去。野猪是一种不起眼的小动物，想要抓住再容易不过了！它肯定不是自己的对手！

接着，库玛听到前面传来一阵混乱的喃喃声。它越走近那声音越大。最后，就在库玛困惑着犹疑不决的时候，那声音已经大得几乎震耳欲聋。噼里啪啦的声音，夹杂着刺耳的呼噜声和尖叫声。

一只小小的野猪能发出这么大的声音吗？库玛不敢相信。然而它闻到只有野猪的气味，别的什么也没有——它不会弄错的。然后它恍然大悟。这不是一只野猪，而是很多只！显然，虽然它妈妈当时只带回家一只，但这些小动物并不是独行，而是成群结队的。

库玛蹑手蹑脚地走到一片宽阔的林间空地的边缘，向外望去——它看到的场景让它惊掉下巴。它看到的是连绵起伏如同波涛汹涌般的——一片野猪的海洋。不是十来只，也不是二十来只，而是几百只，成群结队地向它走来。它们没有沿着森林小径走，而是在矮树丛中穿行，用它们的小蹄子敲打着地面，踩断树枝，发出噼啪的声响。那混乱的呼噜声、尖叫声、鼻息声和咆哮声，正是从它们的嘴里发出来的。

库玛透过悬挂的藤蔓观察它们，它想知道自己是否能找到一个更明智的方式捕获猎物。这只野猪队伍非常可怕，它们猛冲而下，如同陡然泄下的瀑布。尽管它们的体形很小，但当数

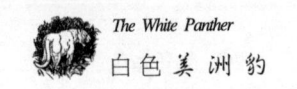

量众多时，它们是否会变得凶狠呢？它必须迅速作出决定，因为它们正朝它迎面而来。

这时，库玛的自信就表现出来了。难道它作为一只豹子，还想着要从一群可怜的野猪面前逃走吗？这里肯定不会有什么危险。就像丛林里的其他小动物一样，它们一看到自己就会逃跑，而它只会挑出一只来猎杀。的确，它们为数众多，但每头都那么小，数量多又有什么关系呢？

一时间，进攻的欲望完全占据库玛的脑海，强烈的饥饿感迫使它不得不放手一搏。现在它的鼻腔中充满了野猪的香气，它一定要吃一头野猪。它在原地等着，等它们更靠近了，然后，当它确信所选中的猎物绝无逃脱的可能时，便从它的藏身之处跳了出来。

野猪立刻看见了它。库玛冲了过去。但是这些奇怪的动物们并没有改变它们的队形，也没有惊慌失措地四散奔逃。它们咆哮着，野蛮地尖叫着，排成一列，张开嘴，锋利的獠牙闪闪发光，向库玛冲去。

虽然库玛当即就想转身逃跑，但是已经来不及了。滚滚大军已经吞没了它。就在它扑向一只从它身边经过的野猪的时候，却从另外一边扑上来了一只野猪，猛咬它的腰部。不一会儿，它就被包围了——被一圈恶毒的小眼睛、恶毒的咆哮和恶毒的牙齿包围着。库玛被困住了！

恐惧攫住了它的心。野猪群在向它逼近。如果它攻击一只

四、豹子本色

野猪,十来只野猪就会向它扑来,撕扯它,劈裂它。它对付不了所有的敌人——甚至连二十个都对付不了。

它必须逃跑!

但它知道,要想穿过这个密密麻麻的野猪群是不可能的。库玛选择了通往自由的唯一一条路——它猛地蹬了一脚一只野猪的腰部,纵身一跃,便落在了几只蠕动着的野猪背上。它差点摔倒,为了站稳脚跟,它又跳了起来,就这样,它在野猪群的背上跳来跳去。只要它有片刻失足,只要它一掉下去——上百根獠牙便会像刀子一样刺来。不出几分钟,它的骨头就会被这些眼神凶狠的小动物碾碎。

就这样,库玛摇摇晃晃、心惊胆战地在敌人的背上跳跃。它曾两度滑倒、踉跄,以为自己迷路了。这两次它都在冰冷的恐惧驱使下,想尽一切办法继续向前,因为它知道,只要失败了,等待它的命运就是立刻死掉。

终于,它看到了前方坚实的土地。它拼命向前一冲,越过了剩下的野猪背,一落地,便如释重负,耳朵向后贴在脑袋上,飞快地跑开了。

啊,这坚实的地面多么好啊!现在,那些野猪再也抓不到它了。当死亡近在眼前的时候,就会觉得能安安稳稳地活着真的太棒了!它再也不会愚蠢到去攻击一群这样恶毒的动物了。从此以后,库玛发誓,它再也不小看野猪了。

然而有一件事使它迷惑不解。它以前吃过野猪肉,是妈

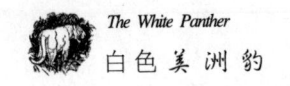

妈带回家的。一定有办法可以在不冒生命危险的情况下捕获野猪。但那是怎么做到的？

就在这时，它突然停住了。它的鼻孔闻到了一种新的气味。是美洲豹的气味！库玛转了个弯，放慢速度，朝气味的方向爬去。透过一团乱糟糟的蕨类植物，它把头探出来，看见了那只美洲豹。

那只美洲豹就像一只大猫，库玛一看到它，好奇心就上来了。那只美洲豹似乎在追赶着那群消失不见的野猪。它是在跟踪它们吗？库玛保持着安全距离，悄悄跟在后面——确认无疑了，那只美洲豹就是在尾随野猪群。而且，虽然野猪几乎是成群结队地赶路，但仍有几头落在后面，用鼻子蹭着树根。

大美洲豹蹲下身子，接近其中一只掉队的野猪。慢慢地，一点一点地，它接近了猎物。然后，只见它奋力一跃，就骑上了这只倒霉的野猪，一口咬断了它的喉咙。

库玛看着，惊呆了。原来这就是狩猎野猪的秘诀，那它为什么不能如法炮制呢？它绕开那只陌生的美洲豹和它的猎物，继续跟在兽群后面。不一会儿，就追上了一只掉队的野猪，迅速地捕杀，然后心满意足地吃了起来。

只要你知道怎么做，这一切都是如此简单！

五、白色闪电

这一天，库玛正沉浸在速度带给它的荣耀感中。当它穿过森林时，它浑身的肌肉不自住地颤抖起来，宛若一条条迅速游动的蛇。它并没有去什么特别的地方，只是离开它现在所在的地方。它还没饿到要去打猎的地步，吃太饱就跑不动了。它只是单纯地享受着生命的快乐。也许它还有一种永不满足的好奇心，尽管它分不清树与树之间的区别，但它还是会好奇在一棵结实的桃花心木，一棵扁桃树，或者一棵绿心樟的另一边会遇到什么。对库玛来说，树，只是一种有趣的存在——它可以爬上树去追逐树上的东西，或者躺在树枝上等待一些粗心的旅行

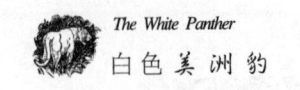

者从下面经过,或者只是单纯想爬爬树。

每棵树后面都可能有一个惊喜。如果它绕着一棵树转,遇到了丛林里的任何其他生物,那可能是比它更弱的动物在恐惧中逃跑,也可能是比它更强的动物,它必须马上躲避。谁也不知道下一个阴影会暴露出什么,在连它敏锐的眼睛也看不见的灌木丛里会潜伏着什么。

库玛是一道穿过森林阴影的白光。它不时穿过一些空旷的地方,有阳光从缝隙中透出来。它华丽的皮毛会在一瞬间在阳光和阴影的斑驳下模糊起来。模糊的白光一闪而过,什么也没有留下。这只能证明库玛曾在那里出现过,不过已经离开了。

对自己的力量和速度的原始喜悦促使它继续前进。能在直角转弯时不减慢速度或失去平衡,而且继续高速前进,是一件了不起的事。发现自己可以仅靠双脚着地就稳稳地支撑着身体是一种乐趣。感觉自己的皮肤沿着肋骨伸展也令人愉悦。

现在,库玛已经经历了很多,对自己更有把握了,生活也很美好。它离它出生的莫拉树有好几公里,离它最后一次见到它妈妈的空心圆木更远。

它一边跑,一边又发现了许多新鲜事。它不知从什么地方蹿出来,蹿到一片草地上,那只叫波伊斯的野火鸡一边叫着一边左右逃窜,这让它血脉偾张。也许有一天,当它觉得需要改变一下饮食习惯时,它会试试鸟类的肉。它默默记在心里。显然,抓住这种野鸡再简单不过了,如果哪天野猪变少了,就可

五、白色闪电

以来抓它们。

一棵大树被暴风雨刮倒了,斜斜地横在一块巨石上,库玛连想都没想就跳上了树干。这上面有树枝和干树叶。它绕着树枝打转,枯叶发出嘎吱嘎吱的响声。它沿着树干向上移动,速度几乎和它穿过森林时一样快。它爬上去的时候,在它的右边,一只鹿用恐惧的眼神注视着这只豹子快速通过——它甚至停止了呼吸,害怕得忘记了逃跑,僵在原地动弹不得。但就在这时,库玛过去了,一副没有看到也没有闻到鹿的样子。事实上,库玛已经发现这只鹿了。只不过是此时此刻它还不够饿。

它到了树的尽头,一点也没停下来的打算,从高高的巨石跳到了一棵仍然立着的树的大树枝上。它迅速地从这树枝向内移动,爬到那棵巨大的树干上,依然飞速向地面爬。它发现树皮上有蝎子,但它的速度非常快,蝎子不会给它带来丝毫影响。

片刻,它又回到了地上,沿着森林里无尽的通道匆匆前行。它轻而易举地跳上了另一棵倒下的树,轻松得如履平地,这一跳——跳入了未知的世界,因为它不可能知道另一边会发生什么。但它对自己的能力很有信心。如果在跳到一半的时候,它看到了可能会伤害到脚的危险,它就会在空中扭转身子,避开危险,或者就这样着陆,进行战斗。

库玛飞奔的这一路上,沿途遇到了许多动物,大多都是库玛了解的动物,它们也都注意到了库玛。一条大毒蛇站了起

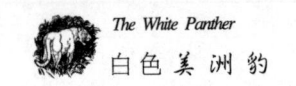

来，一半身子从地面上直立起来，开始攻击。但在蛇还没来得及动弹之前，库玛就已经走了。而这条丛林主人又回到了地上，继续它自己的事情。

走到半路，库玛想起了昨天看见的一条溪流，于是改变了方向。等它走到那里，它的肚子已经开始发出警告了。在小溪附近肯定会有一些动物来喝水的，这样就不用更大范围地狩猎了。溪流对它很有吸引力，因为它不能像看到森林深处那样，看到溪流的深处。那里也没有鳄鱼危及它的生命。但可能还有其他的危险。当然，它并没有遇到丛林里的所有生物。

它来到一条小溪边，溪水发出前所未有的吼声。溪水从一个斜坡上奔腾而下，打在一连串从水中探出头来的岩石上，激起白色而嘈杂的水花。据它估计，它可以从一块岩石跳到另一块岩石上过河——而且有一根木头被岩石卡住了，这样一来就形成了一座几乎完好无损的天然桥梁，过河就更简单了。库玛很高兴，因为尽管它会游泳，但它的内心是一只猫，永远不会在没有充分理由的情况下弄湿自己。

过了小溪，它很快就停了下来。在湍急的溪水声之外，传来了一种对它来说陌生的声音——不是吠叫，不是鼻息，而是两种声音的结合。库玛看向下游。在不远处，在急流下面平静的逆流中，它看见了发出这种声音的动物。

那是一群水狗（当地俗称），又称水貂，正在水池里玩耍。库玛还从未见过这种动物，立刻就感兴趣了。水狗中等大小，有一身光滑、柔软的灰褐色皮毛，擅长游泳。它们不断地潜入水下，在水下停留很久很久，然后叼着捉到的鱼一起浮出水面。鱼被抓住后，会被带到岸边，那里有一只水狗在站岗。

库玛的眼睛在闪烁。它回想起那次猎野猪的教训——抓掉队里落单的那一个——这个教训在它的脑海里根深蒂固。现在它要跟踪并攻击那只单独看守鱼的水狗了！这个家伙看起来确实像一块肥美多汁的食物。库玛会把握时机攻击它，反正其他那些水狗同伴，看起来不敢也来不及救它。于是，库玛在幽暗的森林中准备进攻……

库玛走到岸边，无声无息地溜进阴影里，来回踱步。它又回到了猎人的身份。

它看见了那只水狗，而那个家伙甚至都没有朝这边看。这只动物显得很愚蠢，毫无防备。而它的同伴们在安全的距离之外。库玛可以在完全安全的情况下干掉哨兵，脖子可能是个攻击的好地方。当那些打鱼的水狗在水里看到它们的哨兵遇难时，它们很可能会惊恐地逃跑，甚至不去救它或为它报仇。当然，这些都是库玛的推测，它觉得接下来的事情会如此发展。过去的经验告诉它，大多数丛林生物一闻到它的气味就会惊恐地逃跑。

它越走越近。打鱼的水狗们仍在继续无忧无虑地捕鱼。而看守鱼的哨兵仍然浑然不觉。库玛蹑手蹑脚地越走越近——现在，是它扑向毫无防备的猎物的时候了。它那乌黑的尾巴尖开

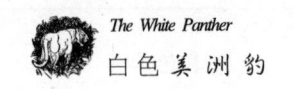

始左右摆动，这是它由来已久的攻击信号。

白色的闪光像弓上的箭一样离开了地面。在那一瞬间，水狗发现了。也许它听到了，或者看到了一个影子，或者是机警的身体让它做出了本能反应。

不管是什么，库玛错过了。但它其实瞄得很准，因为它正好落在水狗刚才所在的地方。可是，那家伙已经下水了，跑向它的同伴那里去了，也许是用它们自己的语言在发出警告。库玛不知道。它只知道自己失败了，就像那些聪明之至的人一样，它把失败归咎于别人，然后变得非常生气。虽然它没有一击即中，但水狗就在它身后，再跳一下就可以了。而且根据经验，它已经知道自己会游泳，而水狗的头部仍然很脆弱。它可以把这只愚蠢怯懦的家伙打昏，然后在其他伙伴赶来救援之前将其拖上岸。

于是，库玛的脚刚一触到水狗曾经待过的地方，就立马又跳了起来，从岸上径直向游动的目标扑去。这太容易了。其他的水狗看见了，都大吵大闹起来，也许是在向它们的同伴求救。但库玛看不出它们有游来救这个哨兵的意图。从岸边跳到水狗的身上，就像在溪流中从一块岩石跳到另一块岩石上，或者在丛林中倒下的树干上来回跳跃一样容易。

库玛着陆了，但它这次还是没有命中目标。它直勾勾地扑进了水里，却惊喜地发现跳进水里非常有趣——它年轻的生命总是充满了惊喜。还没等它意识到自己又失败了，一个张开的

五、白色闪电

嘴咬住了它，把它拖到了水下。看来水狗终究还是有自己的防御措施的。虽然它们这种小动物的作战武器根本无法与库玛匹敌，但一旦到了水里，库玛便和在土地上出生的一切生灵平起平坐，它既没有鳃，也不能在水下待很长时间。

当库玛意识到它被骗了，可能会死的时候，强烈的恐惧笼罩着它。但是，它自我保护的本能是强烈的，只要还有一丝生机，它就不会允许河流征服它。

于是，它用牙齿和爪子盲目地撕扯着水狗的身体。在绿色的浑水中，它什么也看不见，只有一个劲地反攻抓住它的东西。一种从未听过的咆哮声在它耳边响起。几分钟前它还在这个世界里自由自在，而此刻，仿佛整个世界都在嘲笑它。

在它无论如何都得呼吸一口的时候，水冲进了它的肺里。那火辣辣的折磨令它的恐惧传遍了全身。它心里只剩下一个冲动：无论如何都要浮出水面。它要是没发脾气就好了。它要是一直待在岸上就好了，那里才是它所属的地方。

但就在它越来越害怕的时候，它的爪子和牙齿却忙得不可开交。它就是一个不停打滚、扭动的白色炸药球。它的爪子、牙齿深深地咬进任何碰到的东西里，它强有力的脖子和肩膀也疯狂扭动，只为能从水狗的拉扯和河水致命的魔爪中挣脱出来。

它的力量在减弱，但这只会增加它的恐惧，让它想浮出水面呼吸新鲜空气的冲动更加强烈。此刻，呼吸比任何水狗的

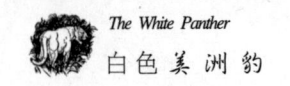

肉、森林里任何可以吃的东西都珍贵。这比被短吻鳄的尾巴拍打还要糟糕得多。

它必须一刻不停地挣扎。每过一秒钟，它的痛苦都会加倍，因为每一次用力的呼吸都让它全身火辣辣地疼痛。接着，水狗突然放开了它，它一挣扎着浮出水面，就头都不回，连忙朝河岸的方向游去。它害怕得要命——如果那个它低估了的家伙追上了的话，它疲惫的身体又会被拖回水中……

它下定决心绝不再重蹈覆辙。它又学到了有意义的一课。

下一次，当它再攻击一只水狗时——如果还有下一次的话——它就不会被骗，跟着水狗进水了。

终于上岸了！水从它身上滴下来。它喘着气，就好像已经跑了很久了似的。一上岸它就跳开，离岸边远远的，免得水狗追来。本来在那一刻，水狗应该很容易地成为豹猫或好斗的美洲豹的猎物。但是令库玛没有想到的是，恰恰相反，虽然水狗转过身来把后背留给了敌人，但如果有敌人发动进攻的话，它们就会立马跳进水里。

小溪里的水狗们似乎在水里上蹿下跳。它们发出古怪的声音，仿佛是在明目张胆地向这个刚刚想要杀死它们其中一个的猎手大吼大叫。

库玛在它攻击的动物身上留下了很多伤口，但这并不能让它知足。只要想到这只动物还活着，在感受了库玛的利爪和牙齿之后还能在水里上蹿下跳、大吼大叫，库玛就很不好受。

五、白色闪电

　　总有一天，库玛会报仇的，但在那一天之前，库玛必须得想出另一个进攻计划。它可能永远无法在水狗和河之间爬行，如果它再次攻击一只水狗，即便在岸上没有成功击中，它也不会再跳进水里去抓它们了，它一定会尽量保持优雅地姿态看着那家伙飞入水中。

　　库玛已经彻头彻尾地体验够了溺水的感觉。它当时的感觉是，它有一段时间都不想喝水了！

六、不共戴天的仇敌

太阳几升几落,夜晚多次降临,吼猴的吼声预示着,接下来是丛林里灿烂的早晨。随着时间的推移,库玛变得更大,更强,更狡猾了。

不过,它的骄傲——远远超过它狡猾水平的骄傲——已经不止一次差点要了它的命。它不是粗心,也不是愚蠢,库玛仍然总是低估敌人的能力,高估自己的威力。

它已经睡了很长时间,它醒来时,就像往常一样,饥饿感如期而至。当它沿着覆盖着金鸡纳树的山脊出发,寻找猎物时,午后的光线渐暗。所以,当一种从未闻到过的气味飘进它

六、不共戴天的仇敌

的鼻子里时，它非常高兴，而且这气味闻起来还不错，就在地上，是新鲜的。

库玛这个大家伙像每一只猫科动物一样，鬼鬼祟祟地追踪着脚印。它知道猎物一定就在附近，于是弯着腰，压低身体，几乎是贴着地面前行。穿过一大堆攀缘植物和茂密的藤蔓时，它几乎没有发出声音。就这样，库玛不声不响地前进着。

但也不是完全悄无声息。它还是不够谨慎。当它绕着一丛茂密的蕨类植物转时，它发现猎物离它只有三四跳之遥。那是一条野狗，这种动物对它来说是一种新鲜食物；这是一种瘦瘦的，四肢修长的野兽，但体形不像库玛那么大。

在库玛看到野狗的那一刻，野狗也看到了它。这只狗在丛林中很聪明，它听到了一根树枝微弱的折断声，如果库玛稍微小心一点，就不会发出这种声音了。

库玛知道自己的存在已经被猎物发现了，便不顾一切地跳了出来。这条野狗显然感觉到了它遇到的是一个十分危险的对手，就连忙掉转尾巴逃走了。

那只棕黄色的野狗从高高的山脊上跑下来，身后是一道白色的闪电。一条小溪在山谷中蜿蜒流过，两只动物一跃而过，野狗跳了下来，库玛跑开了。猎物和狩猎者一同爬上了小山，爬上了山顶，在灌木丛生的平地上追逐。

库玛一寸一寸地接近了。它心里明白，现在只剩下几分钟的事了。那只野狗突然意识到逃跑是无望的，自己已经被逼得

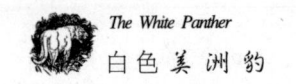

走投无路了，便转过身来，露出了它那又长又黄的尖牙。

库玛本能地觉得它是个可怕的敌人。它从这只走投无路的野狗的眼睛里看到了恐惧，但也看到了凶狠，它知道这只野狗会和它决一死战，要么赢，要么死。

库玛小心翼翼地围着猎物打转，等待机会。然后，它突然以惊人的速度出击。野狗恐惧地叫了一声，转了个身，但速度还不够快。库玛沉重的爪子猛击而下，当即就折断了野狗的背部。

野狗发出了一声长长的、令人毛骨悚然的嚎叫，然后便一动不动了。而库玛为这次大获全胜无比自豪，发出胜利的嚎叫，然后坐下来享受猎物。

但就在它开始吞食这只野狗的时候，它听到了微弱的声音，便停了下来。那是野狗叫声，从四面八方传来——而且正朝它而来！

难道那只垂死的野狗发出的绝望嚎叫，使它的同伴们赶来复仇了吗？库玛挺直了身子，研究着形势。没过多久它就意识到危险是真实存在的。其他野狗沿着小路从两个方向朝它跑来。它们跑得很快，声音里充满了愤怒。直到它们的首领看到它，它们才开始狂吠，空气都仿佛因它们的愤怒而颤抖。它们的牙齿是白色的，几乎和库玛的牙齿一样长、一样残忍。它们的数量实在太多了。

库玛没有浪费时间去杀那只垂死的野狗。显然，它还能

六、不共戴天的仇敌

找到别的野狗，现在应付这些向它扑来的野狗没有意义。下一次，它会迅速出击，不会发出嚎叫，在被发现之前就把猎物带走。但这次是不行了。

显然无论哪条路都被切断了，库玛无处可逃。于是，一直保持平静的库玛，径直跳进草丛，朝最近的一棵树冲去。这些动物可能会爬树，但它确信没有任何动物能比它爬得更快。

它一跃而起，划出一道美丽的抛物线，接着降落在远离小径的高高的草丛中。它的脚刚一触地，就又跳了起来，因为它发现野狗也跑到草地上去了——这太可怕了。但是从它们引起的骚动看得出来，它们没有像它那样跳，只是跑过去，挤满在草地上，数量比它见过的野猪群更加庞大！它们当然也像野猪一样，不会对库玛手下留情。现在看来，想用一只野狗填饱肚子是没戏了，如果自己不想成为野狗填饱肚子的食物的话，就必须得赶紧跑了。

它着陆后又跳了起来，并在半空中转向一边，因为它前面晃动着的草告诉它，在那个地方着陆对它没好处。

它再次着陆。突然，一条野狗从隐蔽的地方蹿出来，低低地跑着，凶狠地击中了库玛的后腿。库玛转身踢了野狗一脚。但是它并没有为此停下来，因为草地上到处都是野狗。

它再次跳起。它的计划仍然是爬到最近的一棵树上。不过，这些野狗是从哪里来的呢？这庞大的数量就好像是草在产卵似的。库玛没有侦察它右边的小山，否则它可能会更谨慎地

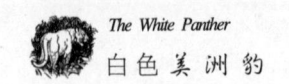

攻击这种新奇的动物。因为在山里的一些洞穴里,野狗以大家庭的形式——也就是成群结队的形式在那里安家。如果库玛能运用它一贯的狡猾,就会发现这些野狗,并意识到吃掉它们的最好方法是抓住落单的一只,就像它对付野猪一样,而且要确保它们无声无息地死去。不过现在意识到这些可能太晚了。

它动用了它所有的力量和傲人的速度。它在草地上消失,然后又在草地上腾起,形成一条美丽的白色曲线。它的每一种感官都很敏锐,当它飞过野狗的头顶时,飞过随风摇曳的草地时,它敏锐的眼睛观察着不断变化的情况。

六只野狗从四面八方将它包围起来,咆哮着,怒吼着,对它恨之入骨,它几乎能感觉到那种仇恨,就像水野狗差点把它淹死时河水带给它的感觉一样。

当野狗群逼近时,它仿佛变成了轮转的焰火。每根尖牙,每根利爪都参与进来。一只又一只野狗被攫住,嚎叫着倒在地上,死在同伴冲锋的脚下。而库玛的白色皮毛也被野狗们的尖牙和利爪撕破。那些动物会战斗,它们一点也不怕库玛。

当然,丛林里的一切就是这般瞬息万变。上一刻,库玛还会孤身一人在沉默中等待,准备饱餐一顿。下一刻,它就要和一群想置它于死地的奇怪的动物战斗了。

它一次次出击,打了又打。而野狗们的援军正从四面八方赶来。它必须迅速撤退。当那些动物向它扑来时,千钧一发之际,它纵身一跃,飞过这些动物的头顶,它可以听到它们差一

六、不共戴天的仇敌

点就咬断了牙齿。终于，它逃出来了。

库玛再次着陆。但是草像狂风一样来回拍打着，它知道它连停下来喘息的机会都没有，连忙再次向空中跃起。现在似乎没有办法在任何安全的地方着陆了。到处都是野狗，发出可怕的叫声，每一条野狗都渴望着库玛的血。

快啊——快啊——快啊！速度是此刻的它所拥有的一切——不管它折断了多少条野狗的背，用它闪电般的前爪击碎了多少条野狗的脖子，但它在这场混战中每扑灭一条野狗，似乎就会同时出现更多只野狗。

离树越来越近了。它绝不能让野狗猜出它的意图，把它的前路截断……此刻的库玛感到沉默的、冷酷的绝望。獠牙和利爪移动得如此之快，眼睛几乎都看不见它们——当然，人的眼睛更是很难看清了——它们忙着为它开辟道路，但情况却越来越棘手。库玛气喘吁吁的，白色的皮毛上沾满了鲜血，其中大部分都是它自己的。它被许多伤口刺痛，它很清楚，在它爬到那棵树之前，它还会被更多的伤口刺痛。有一次，它被打倒在地，它觉得自己再也站不起来了，于是不得不以这种姿势战斗。现在它稍稍改变了策略——当野狗从四面八方向它扑过来的时候，它不停下来迎战，而是继续如同白色的闪电一般，向附近的那棵树跑去。它在草地上疾驰而过，不再是一跃而起，高高在上。当尖牙向它咬来时，它试图转向，但越来越多的獠牙落在它身上。如果它不能快速到达那棵树的话，它就会被磨

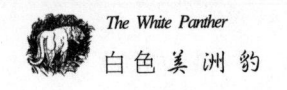

得精疲力竭。

并不是说它对自己失去了信心——只要它的下颚和四只全副武装的大爪子还能动，它就绝不会对自己失去信心。但是一只豹子，即便是库玛，又能做些什么来对付这么多只奇怪的动物呢？

那棵树隐约出现在它的前面，而它的周围几乎是一片野狗的海洋，它无法像从野猪群中逃出来时那样踩着野狗的背爬到树上去。因为这群野狗不像野猪那样朝一个方向移动，而是急切地转来转去想接近它。对库玛而言，这就像试图在湍急、怒吼的溪流表面行走一样。

它一落地，当即转动身体，狂甩尾巴，发出野蛮而致命的攻击。它面前的野狗为了活命，必须做出反击——如果它们想活命就必须这么做——野狗一次又一次跳起来躲避。

马上就到那棵树了，最后再冲刺就可以了。它冲了过去。仅差几厘米时，最后一只野狗的尖牙向它咬来，差一点割断它后腿的一根肌腱。虽然咬到了它，但幸好伤得不严重，库玛绝对不会再给野狗任何咬到它的机会了。它爬那棵树比爬其他任何树都快。它爬上一根高高的树枝，往下看。几只野狗并排站在树周围，对着它狂吠。有几只高高地跳起来，又摔回地上。对此刻的库玛来说，野狗不会爬树令它无限满足。

库玛仔细查看了自己所在的这棵树，发现附近没有别的树可以让它跳下去，它只好忍让等待。离开这棵树的唯一途径就

六、不共戴天的仇敌

是它来时的那条路,这条路被野狗们得意洋洋地占领了。它们会在这里待多久,它也不知道。如果它们待得够久,它就会干渴饥饿而死。

它暂时是安全的。于是,它舔舐伤口,听着野狗的狂吠声,耳朵抽动着。为了让它下去,它们愿意付出什么代价呢?它们耷拉着的舌头和热切的眼睛诉说着它们的渴望。也许它们其实并没有意识到库玛对它们的那些同伴都做了些什么,它们只知道库玛是所有野狗的敌人,它们最想做的就是把库玛撕成碎片。

库玛紧抱着它的四肢等待着。当太阳缓慢地爬向西方时,它的饥饿感越来越强烈。一些野狗离开了,穿过草地跑回了山上。但总是有新的野狗跑来,嘶哑地叫着,想跳上库玛所在的高枝,跳不上,就往后退,再试一次。如果库玛落在它们中间……

但是,天性使然,一旦找到了安全的栖身之处,库玛就不会从树上掉下来,也不会浪费体力走动。它所能做的就是等待,就像它的祖祖辈辈被逼上树时一样,而那些占据树脚的野狗却在狂吠着,表达着它们彻头彻尾的恨意。过了一会儿,库玛什么也不想地放空,野狗们也一样。库玛低头等待着,野狗们抬头期待着——它们已经做好了愿望成真的准备——要么库玛掉下来,要么它自愿下来。

然而,当夜幕开始降临山谷时,树下野狗的数量减少了。

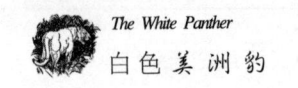

库玛饶有兴趣地看着这一幕。也许,剩下的野狗不多的话……

天黑后不久,库玛确信最后一只野狗已经走了,正朝着它们的山洞走去。每只离开的野狗都神气十足,趾高气扬地走着,每一只的心里都坚信——是它,只有它独自一个,把这个劲敌赶到了树上。

库玛慢慢地下来,以为那些凶猛的叫声会随时再次响起。而事实并非如此。遥远的地方,一只美洲豹的嚎叫刺破了黑夜,而相反方向的远方,另一只美洲豹发出了回应。

库玛回到了地面上。它的身体因伤口而僵硬和疼痛,但只要好好休息一晚,让它有时间用自己的舌头充分地舔舐、清理这些伤口,很快就会好起来。

库玛不知疲倦地向从山谷口延伸出来的森林跑去。它饿极了,必须到森林里去,风里有野鸡的味道,如果没有别的能吃,它就抓野鸡来充饥。

它没有发出狩猎的嚎叫。它离那些野狗的距离还不够远。它不时地听着,停下脚步,回头看看它的敌人是不是悄悄地跟在它身后。毕竟,它大部分打猎都是静悄悄地进行的,也许野狗也用同样的方式狩猎——直到找到了敌人,才会发出响亮的胜利号角,仿佛弥补之前的沉默。

真可惜它还没有吃够野狗肉。那味道真是好极了,令人难忘。野狗们也不会永远跟着库玛的。然而,下一次,它必须要先有一个战略计划,这样到最后它就不会遍体鳞伤,像现在一

六、不共戴天的仇敌

样浑身是血。

它草草吃了一顿，继续赶路。直到深夜，它听到一个熟悉的声音——野狗叫。它停下脚步，准备战斗，尽管声音还很远。但它却没有听到任何回应。有没有可能在它前面的丛林里只有一只野狗呢？一只野狗！只有一只野狗的话，根本没有机会打赢库玛。

它朝声音传来的方向走去。不久，它便第一次接触到一种狡猾得几乎和它不相上下的丛林动物：人类！

库玛能闻出人类的气味，但不知道人类长什么样，如何奔跑，如何战斗。但是，多亏它偶然吃了野狗肉，它马上就会知道人类到底有什么气味，并且在它的余生中，它变成了一个猎物，而非猎人。对于人类来说，白豹是一种奇迹——一个人类出于本能地想要解开的谜题。而对此，库玛却无动于衷。

朝野狗叫声走去时，它闻到一股它很不喜欢的刺鼻的气味。是胡椒的气味。印第安人习惯在火上撒胡椒。这气味让库玛避而不及，绕路而行。他们知道这味道能驱赶美洲豹。

然而，库玛可不是一只普通的豹子，它刚刚尝到一种新的肉，非常渴望能再吃上一顿。

七、陌生气味

大约有一个小时,库玛小心翼翼地在一小块空地上绕了一圈,刺鼻的胡椒味就是从那里传来的。在空地的中央,一个印第安人用粗壮的杆子作支撑,建了一间简陋的茅草屋。近处有一种东西在发光,这东西库玛以前从未见过,它不肯相信自己的眼睛,但却又对这东西十分着迷:火——剩下的余烬只发出暗红色的光,但偶尔也会有一阵风吹过,火焰就会跳跃起来,库玛也会跟着跳起来。

这是什么奇怪的魔法?它动了,但它是静止的。它突然变成暗红色,然后又熄灭了。是它使印第安人的小屋里飞舞着险

七、陌生气味

恶的黑影。有一次,一团绿色的余烬噼啪作响,火花向空中飞溅,库玛连忙摆好了准备逃跑的姿势,只要这东西一开始追赶它就立马逃窜。

但这神秘的红色玩意儿从来没有向它靠近过,所以库玛也在原地不动。它在疯长的藤蔓边上一个隐蔽的地方着迷地盯着,在两种矛盾的冲动之间左右为难。它明显闻到了狗的气味。但它知道不能轻举妄动,因为它非常清楚地记得,就在几个小时前,它因为猎杀野狗而经历了怎样一场浩劫。

它真想偷偷溜到那片空地上,杀了这只动物,好好尝尝那多汁的肉,大吃一顿。它从占据有利地势的位置往外看,眼睛里闪烁着野蛮的渴望。只要几次快速跳跃,跃入空旷地带,再用前爪闪电般地一击,一切就都结束了。然而,它还是犹豫了。

早在它的妈妈完全忘记了它,让它自生自灭的时候,库玛就已经不再是那只傲慢、冲动的猫了。它再也不会盲目自满了。

但它仍然十分骄傲——对自己的机智和力量充满了信心。但是丛林给它上了一课又一课,令它印象深刻,是丛林让它知道——即使是它,如此强大的库玛,也必须时刻保持警惕。那些让感官沉睡,让狡猾入睡的傻瓜,很快就会受到丛林的惩罚。丛林法则是:"小心!"

的确,库玛饿了。虽然狗肉的气味可能比它以前闻到的

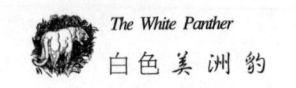

任何气味都更诱人,但是还有其他的气味从那片小小的空地传来。

那里有人类的气味。有胡椒的呛鼻味。还有那堆火——那只奇怪的"动物",它现在好像是睡着了的样子,但却不时地醒来,发出轻轻的嘶嘶声。

当库玛伫在原地思考时,成群的蚊子,还有许多灯笼似的小飞虫飞来飞去,在空地的黑暗中闪闪发光。附近的沼泽里有无数青蛙在呱呱地叫,远处巨嘴鸟发出尖锐的叫声。

突然间,库玛做出了决定。尽管饥饿,但它还是毅然转身,悄无声息地穿过茂密的灌木丛,向森林走去。它本可以睡在这里,但本能提醒它,要和刚才去过的那个陌生的地方保持距离。它轻松地穿过墨色般的黑暗,穿过倒下的树下缓缓流淌的小溪,穿过茂密的热带草原。最后,在离印第安人营地几英里远的地方,它在一片柔软的叶霉菌洼地里找到了过夜的床铺,这个洼地被金合欢树羽毛状的叶子遮掩得很好。

这种未知的危险使它无法得到它应得的猎物,使它的饥饿感得不到缓解,它显然是被激怒了。它相信,以后总会有机会的……

晨光破空而来,把远处的群山映得一片壮丽。晨光给高大的金鸡纳树换上了一件亮丽的绿装,直到黑夜降临,才会脱下。清晨降临在高大的棕榈树上,掠过开阔的热带草原。最后,早晨甚至渗透进了藤蔓、矮植和丛林中的竹子里去。

七、陌生气味

管风琴鸟的啭鸣是一首美妙的、令人难以忘怀的歌曲,即使是印第安人也会停下脚步,目瞪口呆地聆听。但在库玛的耳朵里,这听起来很酸楚。

库玛也欣赏不来正在旁边的腰果树上梳理自己尾巴的金刚鹦鹉的美丽,它刺耳的声音与它灿烂的羽毛格格不入。

不。库玛对这些都没什么兴趣。它饿得难受,但更要命的是,它不高兴。它伸了伸懒腰,只是生气地瞥了一眼栖息在它上方树枝上的红吼猴。猴子张开它那巨大的喉咙,恶狠狠地瞪着它,发出那悠长而低沉的吼声,正是曾经吓坏了库玛的吼声。

库玛看都懒得看它一眼。它在树上使劲地磨着爪子,嗅了嗅晨风,然后跑进了丛林。

库玛很不高兴。因为小心谨慎,它不敢大胆出击,不敢杀死这只混合了人的气味和胡椒刺鼻气味的狗。可它实在太饿了,而且是不同以往的饥饿——它要吃狗肉!

它毫不犹豫地回到了昨天晚上走的那条小路上,跑过了起伏的大草原,跳进了森林,在原来的地方跨过了小溪。很快它就接近了印第安人的营地,它变得更加警惕了。它的感官一向警觉,现在更是如剃刀般敏锐。

它绕着营地转了两圈——三圈——四圈,它的爪子本能地避开可能会折断的枯枝,以免发出声音,暴露自己。然后它小心翼翼地逆风而行,向营地靠近,它空空如也的肚子几乎刮着地

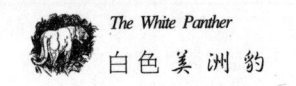

面，姿势从昂首阔步变成了蹲着爬行。

还没到空地，它就听到了一声狗叫，它满怀期待地张开了嘴巴。可是，它并没有因为急于求成就粗心大意。它费了很大的力气，爬过了藤蔓，最后，在竹林里，它目光幽深地打量着营地。

这位印第安人是爱好和平的米纳鲁部落的一员，他和家人已经在这里住了好几个月了。他在这里播种了一块黄色的玉米地。他用自己的双手和沉重的钩形刀砍倒了竹子和小树，在丛林中开辟出一块空地，这样就能为他的女人和两个孩子找到一块安全的家园。

在附近的小溪里钓鱼通常都会收获颇丰。如若不然，印第安人会背上他的弓，带上一筒箭，进入森林寻找肥美的负鼠，这是他格外喜欢的狩猎方式。即使徒劳无功，他仍然可以摘到腰果树上油乎乎的坚果。如果都失败了，他就回到营地，他的女人总是在那里，用木薯做木薯面包。

他的生活分为三部分——打猎、吃饭和睡觉。但最重要的、也是他最喜欢的，就是睡觉，因为他是一个特别懒惰的印第安人。他最重要的一件家具就是他的吊床，那是他用野棉花织成的，挂在两根粗大的杆子上支撑着的。他不仅在夜里睡觉，每当烈日当空，丛林里热气腾腾，做什么活动都不舒服的时候，他便就像个哲人似的躺在吊床上，等着热气过去。

这个棕色的小个子男人和他的同类一样，虽然很懒，但一

七、陌生气味

点也不笨。他在丛林中出生、长大，熟知丛林中的法则、秘密和危险。他有祖祖辈辈流传给他的狡猾。他遵守丛林的法则，以此躲避危险。

尽管他很尊敬美洲豹，却很少去担心它们，因为他很清楚，除非美洲豹饿坏了，否则是不会来骚扰他的。他更害怕的是珊瑚蛇——一种红色的小型爬行动物，身体上有黑色的环，一旦被蛇咬上一口，就会在短时间内暴毙；更令他害怕的是巨大的蟒蛇，它的拥抱是致命的；还有带有菱形标记的大毒蛇，它是所有丛林爬行动物中最可怕的。

不，应该说，印第安人对美洲豹不感兴趣是因为他们通常只关心自己的事情，而且他们从来没有见过白色的豹子……

库玛把他那闪着微光的白色皮毛很好地隐藏起来，若有所思地凝视着外面的印第安营地。现在几乎没有一丝风，除了远处一只鸟的啼鸣和溪水的潺潺声以外，四周一片寂静。

印第安人坐在吊床上，正在悠闲地制作一支长矛。他全身几乎一丝不挂，只剩下一件缠腰布和一串刺豚鼠牙齿做成的项链，棕色的皮肤像红木一样发亮。两个孩子在他的脚下玩耍，小心翼翼地模仿着父亲的动作。吊床下面躺着一只黄色的大狗在睡觉——还有一只，就在库玛轻轻一跳就能够到的地方睡着了！

看到这一幕，库玛的肌肉立刻绷紧了起来。熟悉的狗的气味非常好闻，库玛那乌黑的尾巴尖儿有节奏地、慢慢地前后摆

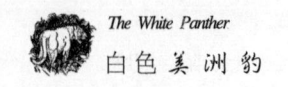

动着。它的饥饿现在变成了活生生的东西——而它的猎物就在眼前!

但与此同时,它也闻到了人类的气味,库玛很不喜欢这气味。它以前闻到过这种气味,这气味让它心神不宁,它的颈毛都立了起来。这个无毛的生物是什么?他的皮看起来又光滑又有光泽。为什么狗就躺在他身边,一点也不害怕,而他对它们也毫不在意?

印第安人有条不紊地摆弄着他的长矛,发出一种有节奏的刮擦声。库玛这只巨大的白色猫科动物一听到这种声音,就倍感不安。于是,库玛悄悄地转身,原路返回。此时不宜在那里再待下去。等到了夜晚它再回来——等到那时,万籁俱寂——除了那只奇怪的红色生物,它忽闪忽闪地跳着,除了向上,没有向别的方向移动过……

几个小时后,当阳光褪去,黑暗笼罩,青蛙的歌声到处都是时,库玛回来了。与此同时,它通过狩猎一只拉巴和一只刺豚鼠来填饱了自己饥肠辘辘的肚子。但它们都没能满足它,尽管它贪婪地把它们吃得一干二净。现在,它的饥饿感又强烈起来,它又回到了吸引它的地方。

火焰还是那个样子,时不时向上蹿起,接着偃旗息鼓熄灭了似的,然后又复燃,如此反复着。库玛看到了其中一条狗——那个愚蠢的家伙!——正疑神疑鬼地嗅着空地远处的地面。要是它能走到库玛蹲着的地方这边来就好了,这样库玛就

七、陌生气味

能一跃而起扑到它身上,杀死它,然后跑进森林!可是,没有那么容易。而狗竟然没有意识到就潜伏在它这么近的距离内的危险,最后小跑到它主人的吊床下,卧下来,安安稳稳地准备入睡了!

库玛现在只等狗睡着了。然后,它的整个身体紧张起来,开始慢慢地从它的藏身之处移到空地上——直接朝着下面趴着狗的吊床走去。它知道吊床和人类有关,因为几个小时前它还见过这个无毛的生物坐在那里。现在它的鼻孔里充满了人类的气味。

但库玛指望凭借着它的狡猾潜行,直接把狗从人类身下偷出来。越来越近了——狗就躺在那里安睡,全然不知危险——越来越近了,最后,只需轻轻一跳。

库玛纵身一跃——一团白色的影子一闪而过。

"呀——!"这是那只狗发出的最后一声嗥叫,几乎就在它发出这声嗥叫的一刹那,库玛的白牙刺进了它的喉咙,它就死了。

随着这声惊叫,印第安人醒了过来,从吊床上跳了起来。就在他的脚触到地面时,库玛已经转身消失了,它紧紧把猎物叼在嘴里。

但库玛还不够快。就在库玛飞奔向森林时,一支箭呼啸着划过它身边的空气。接着又来了一箭,刺进了库玛的后背,库玛突然感到一阵无法言喻的疼痛。

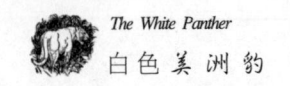

但它还是一刻也没有放慢速度。它加大了步伐,得到了森林的庇护。它紧紧咬着狗的脖子,从未放松过。随着它的奔跑,库玛的身体有节奏地摆动着,最后,它把箭甩了出来。

印第安人激动的叫声现在平息了下来,库玛知道它安全了。然而它对自己很不满意。它搞砸了——那只狗孤独而绝望的惨叫惊醒了印第安人,给库玛带来了危险。

这只大白豹对这个印第安人萌生了新的敬意,因为他隔着那么远的距离,竟然都能用箭刺痛它。下一次,等库玛再猎狗的时候,它就会更加狡猾,更加精进自己的技巧,要在猎物还没来得及叫出来之前,先用爪子迅速一扫,一击毙命。它会完美地完成自己的偷猎,它会在甚至不惊醒印第安人的前提下,完美地袭击、杀死猎物,然后带着猎物逃走……

库玛把那只已经不再动弹的黄狗放下,休息一会儿,舔了舔自己的伤口。伤势并不严重,但它很清楚,如果不好好舔舐伤口的话,伤口就无法尽快愈合。过了一会儿,它又叼起狗,继续往前走。越过山脊,穿过沼泽,越过奔腾的小溪,爬上斜坡,然后进入平坦的热带草原,它带着它的战利品,走了一里又一里。

天快亮时,它停了下来,几乎精疲力竭,把猎物放在面前的地上。它推断,现在印第安人不可能还在跟着自己了。尽管库玛非常饥饿和疲倦,它还是抬起头对着星星——

"嗷呜——!"

七、陌生气味

它追踪并捕获了猎物——它现在正用美洲豹狩猎成功时野性的、胜利的叫声向丛林宣告。接着,它狼吞虎咽地吃掉了大部分猎物,它的饥饿终于得到了满足。当皮塔画眉在头顶咯咯地笑,猴子们开始在森林的屋顶上醒来时,库玛在一棵绿心樟的树干上找到了一块柔软的苔藓,安顿下来,开始睡觉。毫无疑问,它现在是安全的,不用担心那两条腿、没有毛的家伙来找它复仇。

但库玛还不知道,它所遇到的这位印第安人,是一位多么狡猾、危险的对手。库玛也不知道,因为它白色的、独一无二的皮毛,让它与其他所有的美洲豹区别开来。

印第安人见证了库玛的存在,十分震惊——一只白色的美洲豹,真是令人难以置信——这才是真正的无价之宝!而库玛哪里知道,这个印第安人不找到并捕获这只美丽得令人难以置信的丛林野兽,他就誓不罢休呢!

八、狡猾与狡猾的对决

是头顶上的一群卷尾猴,让库玛发现了潜在的危险。在库玛睡觉的时候,卷尾猴安静了下来。接着,它们突然叽叽喳喳起来,以惊人的灵巧在美洲豹睡觉的那棵翠绿的绿心樟的树枝间摇摆。

出什么事儿了?

库玛没有跳起来。它已经很聪明了,不会犯那样轻率的错误。它偷偷地抬起头,一边竖起耳朵听,努力寻找陌生的声音,一边鼻孔颤动着,试探着微风,警觉着敌人的气味。

闻到了……是人类的气味!

八、狡猾与狡猾的对决

但这只大白豹依旧一动不动。它调动每一种感官，高度警觉，试图判断威胁来自哪个方向。这时，一根树枝"啪"地一声折断了，库玛连忙跳向了茂密的灌木丛，在那里，没有人能跟上它。

时机刚刚好。库玛刚刚跑开，一支锋利的箭就射到了库玛刚才安安静静睡觉的绿心樟上。

虽然它很快就把那个印第安人远远地甩在了后面，它只听到一条愚蠢的狗徒劳地想要追踪它，但库玛还是被打扰到了。那人追踪它时表现出了令人不可思议的狡诈。同样奇怪的是，人和狗似乎总是在一起。会不会是那条狗跟着它，而那个人跟着那条狗呢？

当库玛穿过茂密的灌木丛时，它的白色皮毛粘在荆棘上。本能引导它走到一条狭窄的小路上，很快它就来到了一片沼泽低地。

印第安人和那条狗既然能够找到它的踪迹，怎样才能阻止他们再次找到它呢？

库玛知道该怎么做。虽然它渴得要命，但它并没有直接去河边。首先，它小心翼翼地走过这片危险的沼泽，来到了浅溪旁。它在那里痛痛快快地喝了一大口，接着强忍着对河水的厌恶，涉水而上。过了一会儿，它找到了它一直在找的东西——一棵天蚕树低垂的树枝垂在溪水上——库玛用力一跳，跳了上去。然后，它又从这棵树爬到另一棵树上，虽然没有猴子那么

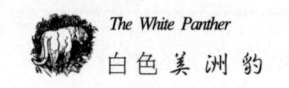

敏捷，但是像猫一样小心翼翼。它必须挑选足够结实的、可以支撑它重量的树枝。

最后，库玛从树上下来，回到地面上。它知道这样一来，人和其他动物就没法循着它的气味追踪它了。与此同时，它也饿了。

饥饿，只要置身丛林它就不停地感到饥饿！虽然饥饿可能会被一顿肉类盛宴所平息，但却总是会再次感到饥饿。正是这永恒的饥饿，使库玛成为一个野蛮的、隐秘的猎食野兽。

库玛抬起了头。它的身体僵住了。它像一尊白色大理石雕像，全身的肌肉一动不动，除了粉红色的鼻子外。它的鼻孔不停地颤动，想辨别出吸引住它的气味。

是鹿的气味！是毫无防备却又优雅的梅花鹿！库玛长这么大，还从未猎到过鹿。它不止一次地碰见它们、追赶它们，结果发现它们跑得很快。但之前库玛从未带着坚定的决心追踪过这种动物。

现在，库玛沿着它的鼻子指引的方向轻轻穿过森林。随着气味越来越浓郁，库玛的身体越来越低，慢慢地向前移动。随着寂静的白雾，它从森林里出来，望着一片开阔的林间空地，还有那只鹿——即使正身处在库玛的攻击范围之内，它仍然静静地在草地上进食。

库玛将它的爪子伸进土壤中，以获得必要的抓地力，为跳跃做准备。当它摆好姿势准备纵身一跃时，它后肢的肌肉上泛

八、狡猾与狡猾的对决

起涟漪,它雪白的身体如此庞大,像世界的主宰,腾空而起。

接着从它身后传来树枝的噼啪声和一只游荡的貘的咕噜声。鹿吓了一跳,转过头来,惊慌地扬起尾巴。就在库玛发动攻击的时候,那只鹿转身逃开了,库玛紧跟在后面,鹿飞快的蹄子差点击中了它的鼻子。

库玛志在必得,从喉咙深处发出了胜利的呐喊。它那健硕的身体以最快的速度奔跑着。它随时都可能追上并杀死这只飞奔的动物——鹿清澈的眼睛里现在充满了恐惧。

但这是怎么回事?那只鹿竟然渐渐离它远去了!库玛几乎不敢相信自己的眼睛。它不是丛林里跑得最快的动物吗?难道不是只要它想,它就能追上任何它想要的猎物吗?

愤怒的失望驱使着库玛加快速度。但这于事无补。鹿的蹄子在它前面很快就远去了。两眼通红的库玛放慢脚步,坐下来沉思,生闷气。

那只鹿轻而易举地跑得比它快,这是不可否认的。难道这就意味着它一辈子都不能吃到鲜嫩的鹿肉了吗?这是否意味着鹿这一生都无灾无祸,永远不用担心强大的库玛?

迷惑和沮丧的库玛溜回森林,它的黑色尖尾巴低垂着。有没有可能有些东西是它注定摸不着的?它想起了那只鹿,仍然闷闷不乐,仍然迷惑不解。肚子里一阵剧痛让它想起了饥饿,无暇去想那只鹿了。就在这时,它偶然抬头一看,看见一群蜘蛛猴在一棵巨大的莫拉树横枝上嬉戏。

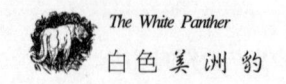

也许，库玛应该感谢所有的猴子，因为正是卷尾猴的叽叽喳喳声及时唤醒了它，使它逃离了印第安人。也许库玛出于感激，不应该像现在这样特别感兴趣地盯着猴子看。

但库玛已经饿得顾不上这些了。它想，猴子也许很好吃，只要有一两只猴子，它的肚子就不会痛了。可以肯定的是，这里有很多猴子。不管库玛走了多远，丛林中的树木上总有它们居住的痕迹，在它看来，世界上这种傻里傻气、叽叽喳喳的家伙一定比什么都多，被它吃掉一两个又能怎么样？

库玛仍默默专注地向上望着。在它的视线范围内，大概有二十只蜘蛛猴，它知道还有更多它看不见的。如果库玛再大一点，再聪明一点，它就会知道——迄今为止，在所有敏捷的、栖息在树上的动物中，蜘蛛猴是最敏捷的。

这种动物有长长的、能卷动的尾巴，能娴熟地抓住树枝。它们从一根树枝荡到另一根树枝，通常几乎不用胳膊，只靠尾巴就够了，它们似乎是并不需要四肢的。它们的尾巴又粗又有力，除了尾巴尖的部分光秃秃的，其他地方都像爪子一样覆盖着皮毛。

猴子们很快就意识到了库玛的存在，现在在较低的树枝上的几个，停止了跳跃，坐下来，傲慢地盯着它。它们的小眼睛在无毛的脸上眨呀眨，用嘴巴发出嘲笑、轻蔑的声音。它们中的一个站在较低的树枝上，四肢着地，跳上跳下，显然是在嘲笑这只白豹，并向它发出咒骂。

八、狡猾与狡猾的对决

好吧,库玛明明也会爬树!它很生气,觉得自己的尊严受到了侮辱,于是飞奔到树干上,跑到一根大树枝上,停下来环顾四周。猴子不见了!就在库玛爬上树干的时候,它们已经荡到了安全的距离,欢呼雀跃的叫声让整个丛林嗡嗡作响。

所有的都跑了,只剩下一个。这只猴子显然没有注意到骚动,它远远地坐在库玛蹲着的那根树枝上。这只愚蠢的动物懒洋洋地靠在树干,背对着库玛,看着另一个方向,舔着自己的毛,好像对这个世界漠不关心。

库玛的眼睛闪闪发光。它舔了舔自己的两肋,开始慢慢地向外移动。现在没有叽叽喳喳的声音了。一百双猴子的眼睛在安静地注视着,白豹慢慢地、偷偷地缩小它和毫无戒心的猎物之间的距离。上百只狡猾的猴子正在全神贯注地观看这出戏,它们比丛林中任何其他的动物都更加期待这场狩猎的结果。

库玛小心翼翼地沿着树枝爬着,走向树枝越来越细的地方,在它的重压下,树枝开始微微颤动。这个愚蠢的家伙仍然没有动弹,它仍然背对着库玛,仍然漠不关心地舔着自己的皮毛。现在,库玛觉得已经足够近了,可以最后一跃了。它屏住呼吸,用爪子抓住树皮。接着,它像晴天霹雳一样,纵身一跃。

突然间,二者同时行动。这只安静地坐了这么久的猴子显然在毫无戒心的状态下被吓到了,立即采取了行动。它快速落在较低的一根树枝上,在一棵藤蔓上荡来荡去,转眼间就安全

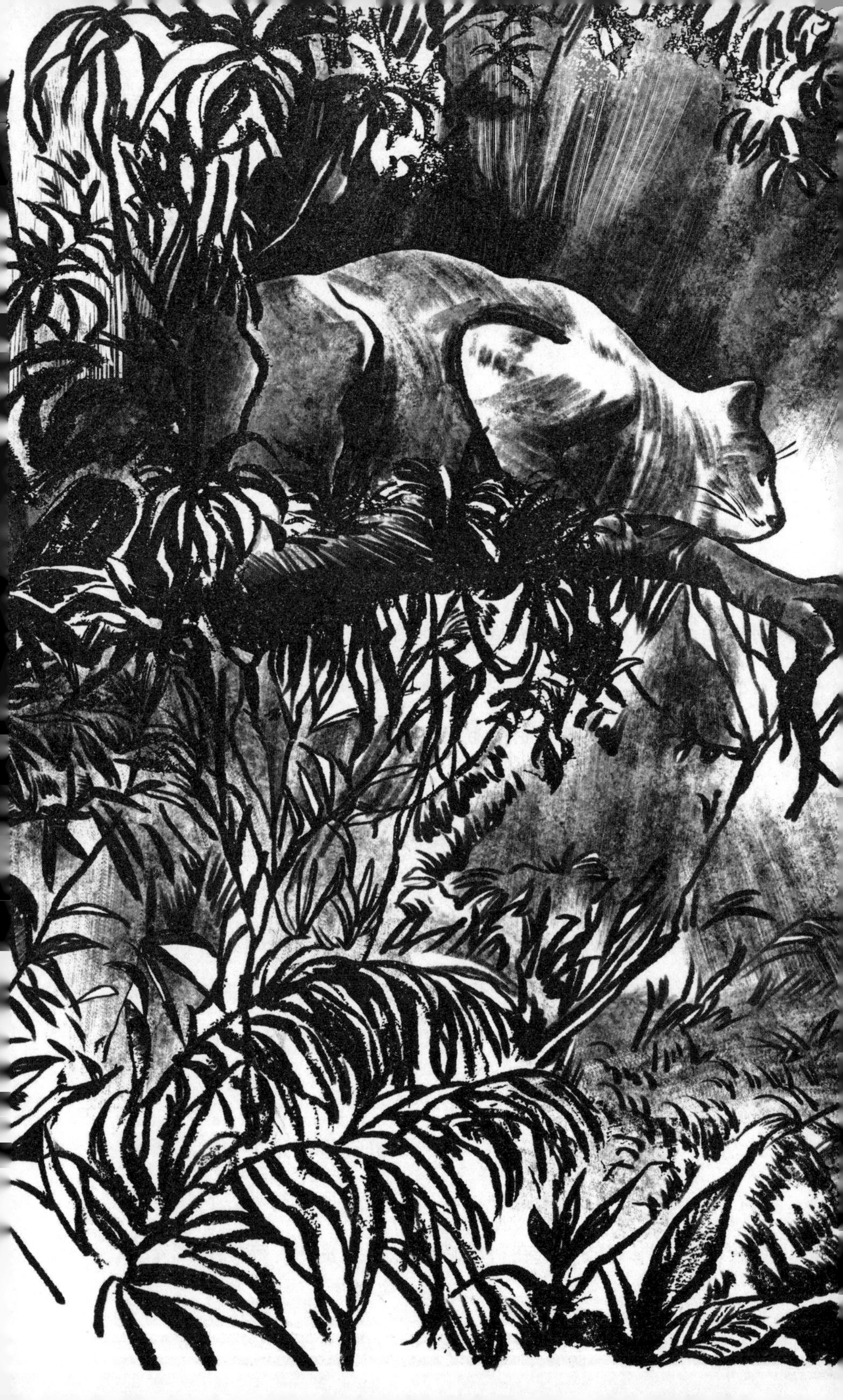

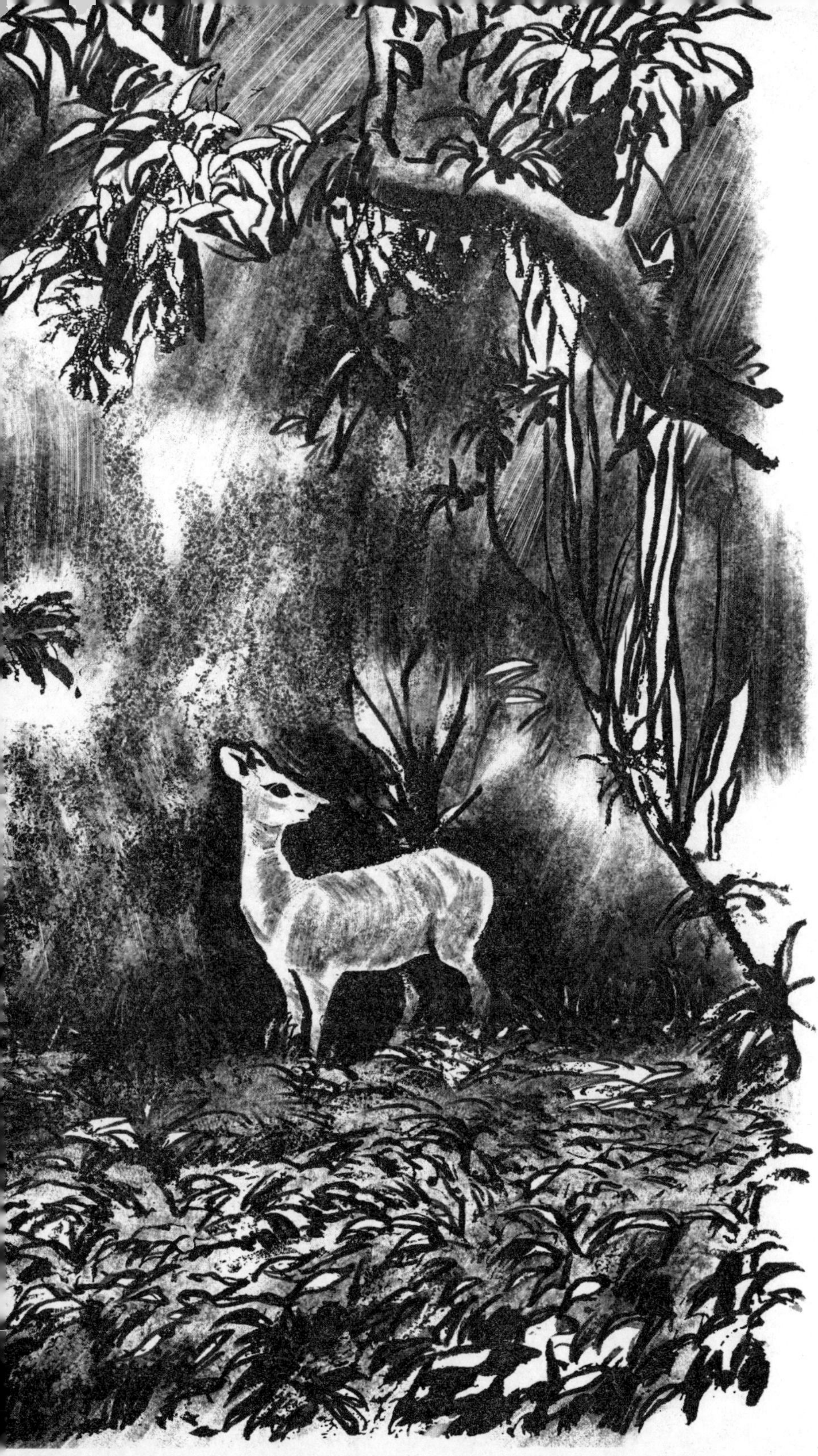

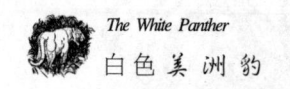

地爬到了另一棵树上。

而库玛见在正处于劣势。它的弹跳失败了，因为树枝被它的重量压弯了。当它落下的时候，却发现它的猎物不见了。树枝太小了，根本支撑不住它，啪的一声折断了，库玛一头栽了下去，愤怒地吐了口痰，发出一声响亮的呼噜声，毫无征兆地落在了地上。

"咦——咦——咦！咦——咦！"

它头顶上的树木发出嘲笑的声音，一百只猴子齐声嘲笑它。它们故意给豹子设下了这个陷阱，但没想到它会这么容易就上钩。

"咦——咦——咦！"

库玛摔了一跤，摔得有点昏昏沉沉，尊严扫地。它抬头看着嘲笑它的猴子，发出一声愤怒的咆哮。但它心里明白，咆哮是没有用的。它也清楚，对于猴子，它是无能为力的。

它知道它永远也无法为猴子们今天给它带来的侮辱而向它们复仇。它知道今天在猴子身上受到的侮辱，是没法报复回去了，这些动物虽然看起来很可笑，但它们非常狡猾，那是一种恶毒的狡猾。它们生来就注定不会成为库玛的食物，就像那些聪明伶俐、叽叽喳喳叫个不停的长尾小鹦鹉，那些神情严肃的巨嘴鸟，那些飞得飞快的鸟一样。库玛已经吸取了教训。它再也不把猴子当作猎物了。

但饥饿仍驱使它去找肉吃。既然它找不到肉吃，就只有一

八、狡猾与狡猾的对决

件事可做了——睡觉。它尽力不去理会猴子们的嘲笑，猴子们仍然在邪恶的欢乐中对它大喊大叫，库玛再次爬上树，爬到一根树枝上，睡着了。

和所有的猫科动物一样，库玛睡觉的时候也会做梦。在它脑海中的梦里，出现了许多追逐的景象，在追逐中，库玛总是马上就要追上、杀死它的猎物了，但却从来没有成功过。当它做梦的时候，它的肌肉会时不时地波动，它的爪子不时无意识地弯曲，鼻子也抽搐。

一根树枝的折断声使它睁大了眼睛，一下子从完全的放松变成了完全的警觉。可是，虽然每一块有皮毛覆盖的肌肉都准备好要动了，但动的却只是它的头。它没有闻到任何气味，因为声音是从下风传来的。但它看见一只一部分被灌木丛遮住了的巨大的动物，正沿着一条狭窄的森林小路走来，那条小路就在库玛躺着的那棵树下。

是一只鹿，小心翼翼地嗅着空气中是否有危险，但显然什么也没有闻到。库玛蹲在一根低垂的树枝上，很不高兴地看着这个正在接近的动物。此前的经验仍然历历在目，这个看起来似乎毫无防御能力的动物，却有那么惊人的速度。库玛心中激起了一种不满和无用的感觉。毫无疑问，鹿会很快意识到它的存在，然后转身像风一样离开。

令库玛惊讶的是，这只优雅的动物却一直没有意识到潜伏的危险，继续沿着小路向着库玛的方向走来。库玛觉得说不准什么时候，就会看到鹿将尾巴向上甩动，然后沿着小路砰砰地跑向安全的地方。但是，鹿还是来了，不时停下来，嗅一嗅空气，又把头扭来扭去，看看是否平安无事——却一次也没有向上看。

库玛口水直流。鹿的气味突然向它袭来，那是最诱人的气味。它的身体平躺在树枝上——几乎是树枝的一部分——它一动也不动，也没有声音。会不会这种眼睛温柔的动物对森林地面上的危险小心翼翼，却对来自上面的危险漠不关心呢？

鹿越来越近了。库玛已经准备好了，伺机而动，它的肌肉绷得紧紧的。靠近点，再靠近点——快到它的栖木下面了……就是现在！

库玛那雪白的身体无声无息地从空中飞了出去。当它扑到了毫无防备的动物身上时，发出了一声沉闷的"砰"。转眼间，库玛的尖牙就刺进了鹿的喉咙，发出一声嘎吱的响声。那鹿立马倒在地上，当场就死了，根本不知道是什么击中了它。

豹子胜利时那长长的嚎叫又在丛林中回响。库玛杀死了它的第一只鹿，但不是最后一只。它贪婪地从尸体上撕下大块大块的肉，狼吞虎咽地吃着，陶醉在温热的血液中。

库玛这一天学到了很多东西。它受到人类的追捕，受到饥饿的袭击，受到猴子的羞辱，它比以往任何时候都感到困惑、沮丧、畏缩不前。现在，当它吞下新鲜的鹿肉时，它意识到问题出在它自己身上。狡猾是必须的——如果在地面上抓不到猎

八、狡猾与狡猾的对决

物,它可以利用这种狡猾从空中狩猎猎物。对于狡猾的一方来说,丛林是善良的,给了它们丰厚的回报。对于粗心大意的一方来说,丛林是残酷的、无情的、致命的。

它,库玛,绝不能粗心大意!因此,当它满怀感激之情迅速填满它的肚子时,库玛不时抬起头来倾听,试探一下微风。它永远不能忘记,它是一个猎人,但同时也在被人类追捕。它绝不能轻视这种无毛、两条腿的动物的丛林技能,他们能把尖锐的、呼啸着的疼痛传到空中。

现在,它吃饱了,肚皮撑得紧紧的,最重要的是想睡觉,但库玛走出了丛林。它正朝着起伏的稀树大草原对岸的大河走去——野兽们都来这里饮水,因此那里有充足的食物。而且无底的沼泽对人类来说是致命的危险,所以它可以轻松地在这条河附近隐蔽。

九、跟踪博伊斯

当巨大的白球——太阳,在天空中穿行时,巨大的白豹——库玛,则轻松地在森林中奔跑。在库玛的头顶,金刚鹦鹉在尖叫,金莺在哀嚎;再上方,七色鹦鹉用羽毛梳理着它们华丽的羽毛,蓝背金丝雀在阳光下闪闪发光;最上方,在森林的屋顶上,有一个独立的世界,辉煌灿烂,喋喋不休,生机勃勃。

库玛穿过热带雨林的滚滚热浪,不顾上面发生着什么,沿着丛林的地面疾驰而过。它穿过灌木丛,穿过蕨类植物,穿过攀缘植物,总是挑最容易的路走,每一步都使它离目标更近。

九、跟踪博伊斯

前一刻天还热得要命，冒着热气。不一会儿，黑暗就笼罩了大地，太阳被遮住了，大滴大滴的雨点开始落下来。

尽管库玛不喜欢湿漉漉的，但若是为了躲避身后的敌人，它还是一定会在雨中前进。然而现在，它在一棵倒下很久的金鸡纳树下找到了一个干燥的洞穴，等着暴风雨过去。在等待的过程中，它舔了舔伤口，那是印第安人的箭留下的，已经快愈合了。当它想起这个两条腿的敌人的气味时，它脊背上的毛发都竖起来了。

不久，雨停了，它又迈起了轻松的、大步流星的步伐。最后，它冲出了丛林，来到了开阔的稀树大草原，那里只长着长草和矮树，走起路来比较容易。就在这时，一种特别微弱的咯咯声提醒它，一边有敌人出现。

库玛立刻停下脚步，一声不发。这是它有生以来从未听到过的声音，因此它很感兴趣。那令人困惑的呼唤又来了，一次又一次，接连响起，虽然不是连续不断的，但间隔很短，而且库玛可以肯定，这些声音不是从同一个地方发出来的。

这是什么动物呢？它闻到了气味，迷惑不解。那不是人，不是鹿，不是狗，不是鳄鱼，也不是野猪。是什么？

库玛想要知道答案。它小心翼翼地慢慢地穿过高高的草丛。它对丛林里的知识已经有了足够的了解，它知道不能仅仅通过动物发出的声音来判断其大小和野蛮程度。曾经用惊天动地的吼声吓坏了库玛的吼猴，其实是无害的。而巨蟒不会发出

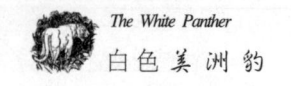

任何警告信号,却是强大而致命的。

这时,库玛的耳朵里传来的这种不同寻常的咯咯声甚是微弱,听起来甚至有些滑稽,但很难听出发出声音的家伙究竟有多凶猛。库玛花了好几分钟才接近发出声音的地方。它不断地嗅着微风,以确定它能闻到猎物的气味,而自己的气味不会乘着风被猎物闻到。最后,它来到了高草的边缘,望向一片开阔的沼泽地,上面点缀着几棵小矮树。在那里,它看到了它一直在寻找的东西。

不是一只,大概是二十来只——是一种又黑又胖的两条腿的动物,贴近地面移动,看上去似乎缓慢而笨拙的样子。它们头上长着红毛,尾巴尖尖的。这些就是博伊斯[①]——野生火鸡。

这些笨手笨脚、摇摇摆摆的鸟儿危险吗?库玛觉得很好笑,面对这样的动物,它居然会有这种想法。不过它还清楚地记得它同水狗进行的那场殊死搏斗,水狗看上去也毫无防备、很愚蠢,可它低估了它们的狡猾。

虽然大多数的鸟都在空地的中央聚集着,但也有一些掉队的。其中一只离库玛不远。库玛一动不动地待在隐蔽的地方,目光深沉,凝视着这只可以填饱肚子的猎物。它需要食物。博伊斯的气味在它的鼻孔里美妙极了。它那黑色尖尾巴有节奏地扭动着。

落单的这只博伊斯不时发出奇怪的"咕咕"声,这就是

[①] 野生火鸡的戏称。

九、跟踪博伊斯

最早吸引了库玛的声音。这只博伊斯漫无目的地觅食,最后它转向了库玛的方向。这只不小心的鸟没有意识到危险,片刻之间,就已经靠近了库玛隐蔽着的草地。

库玛纵身一跳,在八英尺高的空中划出一道白光,巨大的前爪绷紧了神经,准备进行致命一击。但是当它的前爪伸出来时,火鸡已经不在原地了。火鸡的敏捷令库玛大吃一惊——它飞向空中,以一种不稳定的、曲折的方式飞向空地远处的灌木丛,一边飞一边发出惊恐的叫声。库玛差一点就把那只火鸡按在地上,没想到扑了个空,结果只是让那只火鸡落下几根有条纹的羽毛。

被激怒的库玛跳进了岩石中间。火鸡们四散奔逃,发出恐惧的咯咯声。库玛愤怒地吐了口唾沫,追上了其中一只。但火鸡以不规则的"之"字形飞行,这令它困惑不解。它总是落后一步。

博伊斯朝矮树林远处的一个地方飞去,库玛受到了挫败和羞辱,眼睛瞪着它们,思考着下一步该怎么做。难道没有办法捕捉到这些笨拙的生物吗?它不是已经用了它所有的诡计和耐心来狩猎了吗?难道这些动物也像猴子一样,是它的能力所不及的吗?

慢慢地,它又想起了那次猎鹿的经历。它从那次远足中学到了一个教训,现在它要把这个教训付诸实践。它还能清楚地听到鸟群在树丛后面寻找种子时发出的咯咯声。库玛坚决地抑制了再次冲进它们中间的冲动，悄悄地爬上附近的一棵树，偷偷爬到一根低垂的树枝上，开始等待。

从最初几分钟后开始等待，最后，库玛已经等待了一个小时。博伊斯慢慢地向树的方向移动，一边走一边觅食，朝着库玛攻击失败的地方走去。当一只最肥美的火鸡从它的正下方飞过时，库玛无声无息地飞扑了下去。

随着一声绝望的尖叫和短暂的挣扎，火鸡一动也不动了。库玛成功证明了自己的狡猾，这才开始吞食它的猎物。

它突然停了下来，大为不解。这是什么？它摇了摇头，羽毛从嘴里飞了出来。它闻到的是肉的味道，以为自己是在咬肉，可是这味道尝起来却像吃了一嘴的干草，扎痛了它的嘴，还粘在它的牙齿上。

它用爪子烦躁地一挥，把火鸡胸前的羽毛都弄飞了。这么一来，它看到了鸡毛下它所寻找的嫩肉，这才高兴起来。这种动物很美味，只要剥掉那讨厌的羽毛就行了。库玛发出打猎的叫声，接着大快朵颐，直到只剩下一堆羽毛，它才离开那个地方。

库玛注意到了自己身上的变化。如果是在几个月前，它几乎不可能一口气吃掉这么多肉。然而现在，当它吃完这只火鸡后，它仍然还是觉得饥饿，并且很显然，一会儿还是有必要跟踪一两只刺豚鼠。

虽然库玛自己没有意识到，但现在它其实已经是一只成

九、跟踪博伊斯

年美洲豹了,它通体白得惊人,比一般的美洲豹和美洲豹长得都大。它对它巨大的体格提出了比以往更严格的要求,结果就是它的肚子对它提出了更多的需求。它已经长大了,和它成年所能达到的体形一样大了——但是它仍然有很多东西要学。在极度的骄傲中,它始终认为自己完全精通丛林中的各种道路,洞悉了丛林中的一切秘密;而丛林也不断地告诉它:事实并非如此。

当库玛不知疲倦地在波浪起伏的稀树大草原上穿行时,它始终保持着鼻子的警觉,绝不放过一丝拉巴或刺豚鼠的气味,因为这些小动物是它可以在最短的时间内找到并吃掉的。可是,正当它沿着一片沼泽地走的时候,它听到一个声音,使它改变了主意。那是溅起水花的声音,听起来就像一只动物在涉水一样。随之而来的是一种气味,库玛以前不止一次地注意到过这种气味,但从来没有停下来深究过。这气味闻起来类似于野猪,但也许更浓烈一些。

库玛放慢速度,转向沼泽,从一个小丘跳到另一个小丘,朝着水声的方向走去。它越走越慢。最后,它环顾一片沼泽草丛的四周,看到了它刚才听到的声音的来源。

这是一种巨大的生物,又矮又笨拙,腿又短又粗。它大概有五英尺长,几乎没有尾巴,但却有一个大脑袋,眼睛上布满皱纹,鼻子又宽又短。这是一只还没有完全长大的貘。

有好长时间,库玛都在看着貘用它那柔软的鼻子在沼泽草

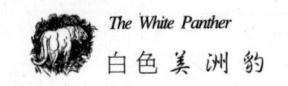

根间蹿来蹿去。这是一种看起来非常怪异的动物，虽然库玛以前从未见过这种动物，但它下意识地不屑一顾。它瞧不起所有它能轻而易举地、在不被发现的前提下偷袭的动物，而它，是决不会像这些动物一样粗心到让别人窥探它的！

库玛毫不犹豫，便纵身一跃。它就像一道愤怒的白色闪电，俯冲下来，把小貘撞倒在沼泽的泥泞中。但一种完全出乎意料的感觉攫住了库玛——当它准备进行致命一击时，它发现貘的皮非常厚、非常坚韧，而且滑溜溜，它的牙齿和爪子都无法咬破。

库玛咬着，咆哮着，用爪子摇着，紧紧抓住不放。貘慢慢地，笨拙地站了起来，库玛仍然紧紧地抓着它。接着，貘发出了一声长长的、尖锐的口哨声，用力甩了甩笨重的身子——如此一来库玛完全失去了控制，被扔进了沼泽颤抖的淤泥中。怒不可遏的库玛又跳了起来，但它忘记了自己的脚下并非坚实的地面。它脚底一滑，再次重重地摔在泥里，溅起许多泥巴。

那只貘还在不停地吹着口哨，笨拙地在地上打滚，不打算逃跑。而此刻的库玛已经发狂了，但它仍然敏锐地意识到了必须改变战术。它必须站稳脚跟，用最大的力气跳起来，才能打败这只骄横的动物。这只动物好像不必反击也能毫发无损。

库玛慢慢地在泥泞中移动，来到一个稍高的小丘上。它摆好姿势，使出浑身的力气，再次扑向貘。这个并不反抗的动物又一次伸开四肢，又用它那粗壮的双腿站了起来，使劲地摇了

九、跟踪博伊斯

摇身子。库玛再一次失去了控制，飞进了泥里。

库玛被愤怒冲昏了头脑，接着，它听到一个沉重的水花声向它涌来。它不知道那是一只体形硕大的母貘，被幼崽的叫声召唤而来。因为库玛被泥巴糊住了眼睛，堵住了嘴巴。它在绝望中喘着气，试图重新振作起来，它也准备放弃这场不愉快的战斗，向干燥的陆地前进。

但那笨重的复仇的母貘可不同意。它愤怒地嚎叫着，蹄子跳上了库玛伤痕累累的躯干。它平时性情温和，没有攻击性，但当它的孩子遇到危险时，丛林里的任何野兽都不能把它吓倒。

库玛流着血，不知所措，徒劳地试图从淤泥中爬出来，继续战斗。它带着一种因恐惧而生的愤怒，爪子深深扎进了母貘厚厚的皮脂里。然而，库玛再强大，当它进入松软的沼泽地带时，就已经因为不适应而处于弱势了，如今这只母貘，更是一个它无法理解的敌人。

它现在唯一的想法就是尽快脱身——赶紧逃跑，逃出这该死的泥沼。但那头母貘仍然向它扑来，尖利的蹄子仍然重重地踢着它的身体。库玛掉进了泥潭中。在对手的重击下，它的肺部发出一种可以听见的咕哝声。它试着呼吸，把水吸了进去。它周围的泥土渗出来了。它的眼睛被泥浆弄瞎了。然而，库玛虽然看不见它的敌人，虽然几乎不能呼吸，但它仍然在战斗，因为美洲豹就是这样的——至死方休。

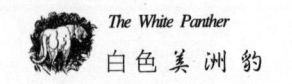

突然,它发现自己挥舞的爪子已经打不到任何东西了,牙齿也空咬着。它晕头转向,摇摇晃晃地站起来,朝一个小丘走去。它眨了眨眼睛,把嘴里的泥吐了出来,然后躺下大口大口地喘气。整个世界都晕头晕脑地游走着,但它模糊地辨认出两只貘笨拙的身影,它们在沼泽中慢慢地摇晃着走掉了——库玛很高兴看到它们离开了。

因为它很清楚,在这次遭遇中,它是如此自信地发起进攻,却又离死亡如此近。尽管这片沼泽令人厌恶,但也因此使自己免受了那头貘的猛击,否则那家伙可能会打断自己的骨头,甚至杀死自己。

就这样,库玛浑身酸痛,连呼吸都很痛。它的皮被撕破,有十多处伤口汩汩冒血,伤痕累累,它根本顾不上饥肠辘辘的肚子了。库玛从一个小丘踱到另一个小丘,慢慢地从那该死的沼泽走到安全的陆地上。最终,它难以抑制住自己的呜咽。

它缓慢而痛苦地一瘸一拐地走着,直到找到了它要找的东西——一个干燥的洞,上面覆盖着叶霉,由木薯丛和一根倒下的原木支撑着。它仍然没有吃东西,但在这里,它可以睡上一觉——这是当下它迫切需要的。它会在这里清洁皮毛,舔舐伤口,直到痊愈。库玛伤势严重,至少得休息一天。

而库玛,如果它当时能够看到自己的话,它会被眼前的景象吓坏的。它不再像从前那般雪白、骄傲、目中无人了。它雪白的皮毛被泥和血玷污了,连胡须和尾巴都没有逃脱这场

九、跟踪博伊斯

浩劫。

在那一刻,库玛似乎都很难与毫无防备的鳄鱼或鬣蜥相匹敌。

可它哪里知道,明天它就要遇到它有生以来遇到过的最凶狠、最危险的对手了。

十、英雄相逢

对库玛来说,生命仍然是一个神秘而又令人困惑的东西。对它来说,生活就是欢乐与悲伤、胜利与绝望交替出现的过程。它刚为自己的狡诈和技巧而感到骄傲,就犯了一些愚蠢而恶劣的错误,使它陷入危险,几乎想在羞愧和悔恨中死去。

当它在学习如何追踪敏捷的鹿和狡猾的博伊斯时,它会因为自己的聪明而洋洋得意,但不久,它就会犯一个错误,低估一些动物的勇气,比如貘,还差点因为自己的愚钝而被杀死。

难道生活就是这样既令人困惑又令人沮丧的吗?难道它永远也学不会丛林中所有的秘密、危险和陷阱吗?

十、英雄相逢

实际上,库玛正在一点一滴地学习。它是用艰苦的方式学习这些知识的——通过艰苦的亲身经历——这是野蛮动物学习丛林知识的唯一途径。作为一只好斗的猫科动物,它对食物有着大量需求,同时也对自己的英勇有着充分的自信,因此它鲁莽地承担起了一些其他动物会小心翼翼避免的危险。而如果库玛再年长一点,再聪明一点的话,它自己也会避免这些危险的。

但是一点一点地,库玛也开始学习这些它必须学好的东西,如果它想要在充满敌人和猎物的丛林中幸福长寿,它就必须永远记住这些东西。它已经知道不应该直接攻击一群凶猛的野猪了,因为它们成群结队地在丛林中游荡,从五十只到几百只不等;它已经开始尊敬水狗的狡猾、短吻鳄强有力的下颚和野狗的凶猛了;它已经意识到两条腿的敌人——人类——是多么狡猾,他用飞镖做武器,让狗作为他的鼻子。

现在,通过身体上的疼痛,库玛又学会了一些新的本领。它再也不会因为貘看起来的缓慢、无害就粗心大意了。作为一只需要坚实地面的陆地动物,它再也不会冲进沼泽去攻击像貘这样可怕的动物了。沼泽就是貘的家。

它知道,要想报复貘,必须要在旱地上。很快,它就发现貘的喉咙是它们身上唯一的突破点,那里的兽皮很薄,美洲豹如剑般锋利的獠牙可以轻轻松松地刺穿它的颈静脉。

没有人告诉库玛这些事情。它必须从自己的失败、痛苦和创伤中吸取教训。虽然它现在已经长大了,但它还有许多功课要学。库玛痛苦地一瘸一拐地走到一棵长满青苔的树干旁,躺下养伤,沉思了很久。它在那里休息着,舔舐着伤口,清理溅满泥巴的兽皮。它感到疼痛逐渐消失,体力逐渐恢复。

然而,再多的舔舐也无法治愈它那不朽的骄傲的伤口!对它来说,就像对所有的大型猫科动物一样,失败才是最大的耻辱,必须消除这种耻辱,它才能恢复平静。下一个挡了库玛的路的动物要倒霉了!

它躺在那里,闷闷不乐,痛定思痛。突然,它意识到它必须吃东西了。离它上次吃东西已经过去了很长时间,它必须得好好吃一顿了。

尽管疼痛仍极大地阻碍着它的行动,但库玛还是站了起来,慢慢地在森林里转了一圈,警惕着猎物。它所能做的,就是偷偷摸摸地猎杀一只刺豚鼠,然后津津有味地吞了下去,但这只刺豚鼠充其量只是激起了它的食欲。不管怎样,它必须撑到第二天,恢复一下体力。

那天晚上,库玛躺在高高的树枝上,困倦地睡着了。它一次也没有醒来,直到黎明前的那一刻,红吼猴——它们总是在天空中隐约可见第一缕微光之前就预见到天亮的来临——发出可怕的叫声,使整个丛林颤抖起来。首先,一只猴子会吸入空气,张开鼓状的喉咙,发出颤抖的吼声。然后,丛林里其他地方的伙伴们一听到它的叫声,就会加入进来,直到整个世界似

十、英雄相逢

乎都被它们的声音吓得发抖。

久而久之，库玛就被它们低沉的吼声吓到了。它对这些可恶的家伙只有轻蔑，它们发出如此凶狠的、威慑力极强的吼叫，但实际上却是一群十足的懦夫。

虽然库玛已经精力充沛，但此时的它实在太饿了，它伸了伸身子，爬下大树，一心只想着一个念头——寻找食物。现在那些小动物已经不能让它满意了——无论是拉巴还是刺豚鼠。库玛打算捕猎一只鹿，它可以一直吃到肚子撑破了。它要鹿，其他的都不行！

太阳越升越高，库玛决心四处寻找鹿的气味。它如此专注于这个目标，以至于完全忽略了一只粗心大意的拉巴——几乎直接从它面前经过，它只要轻轻一扑就能杀死它。现在，真的就只有鹿肉可以充饥了！

太阳又升高了一点，却仍然看不到鹿的踪影，也闻不到鹿的气味，它饿得全身酸痛。库玛开始后悔，如果自己没有那么匆忙，忽视了拉巴，至少还能垫垫肚子。而现在它什么也找不到。

它所在的这片土地和之前的有什么不同之处吗？它横穿了那么一条大河，结果这片土地上却没有一只鹿吗？库玛正在发狂的时候，一股气味扑鼻而来，使它的身体突然僵硬起来，它的心高兴得跳了起来：那是鹿的气味！

它是在地上闻到的气味，于是开始小心翼翼地跟着那味道

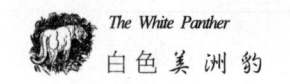

的轨迹前进。它的鼻子清楚地告诉它,就在不久之前,有一头鹿走过这条路。现在它需要使出浑身解数了!它将继续沿着这条路走,直到它找到那只动物为止。然后它会悄悄地在树上伏击——在树上,库玛就像在地上一样自在。

虽然它的肚子相当空虚地呻吟,但库玛抵挡住了一头扎进追逐的诱惑。它蹑手蹑脚地走着,鼻子贴着地面,眼睛和耳朵都警觉着。它跳着越过一条小溪,很容易就找到了对岸的气味。它爬上陡峭的山脊,又爬下山坡,穿过缠结着藤蔓的平地,颤抖的鼻孔里,沁人心魄的甘甜越来越强烈。

它现在一定离它的猎物很近了。知道了这一点后,库玛的下巴因期待而垂涎三尺,这需要一种强大的意志才能让它放慢脚步,走得越来越慢。

然后,库玛突然僵住了。空气中飘来了另一种气味——血腥的味道!

它停了一会儿,很困惑。鹿的足迹中怎么会突然间混杂着血的气味呢?但没过多久,库玛的疑惑就消失了。

"嗷呜——!"

这是一只刚刚猎获猎物的美洲豹发出的明确的、胜利的叫声。

库玛把谨慎抛到九霄云外,发出一声愤怒的咆哮,冲进了前面浓密的灌木丛。它在一片阳光普照的林间空地上走了出来,停了下来,四肢着地,雪白毛皮上的每根毛发都竖了

十、英雄相逢

起来。

那是一只美洲豹——一只黄色的、长着黑色斑点的美洲豹——正站在刚死的鹿的尸体旁。那是库玛的鹿……那只它追踪了那么久、追得那么熟练的鹿……这只鹿本来是它用来充饥的,而现在饥饿已使它发疯了!

如果库玛没有处于饥饿的边缘,它绝不会冒险去捕杀美洲豹,因为大型猫科动物互相尊重其同类是丛林的法则。但是这次——这实在是太难以忍受了!这只陌生的美洲豹已经抢走了它应得的猎物!

库玛的饥饿比其他一切都重要。它怒不可遏,龇牙咧嘴,发出了挑战。长着斑点的美洲豹转过身来,被陌生同类的到来吓了一跳,更令它惊讶的是——它从未见过白色皮毛的。然后它摆出战斗的姿势。它已经杀掉了猎物,就必须护着食物!

库玛纵身跃起。

霎时间,洒满阳光的林间空地哗啦哗啦地响着两只大猫的吐唾沫声和狂吠声,一场致命的战斗以闪电般的速度展开了。这只斑点美洲豹避开了库玛的猛攻,然后露出利爪和尖牙逼近,库玛失去了平衡,被扑倒在地。因自己的失误而怒不可遏的库玛睁大了眼睛,接连打了好几个滚,感觉有一只爪子在它的侧翼扫过,然后它重新站起来,再次与对手扭打起来。

库玛用后腿站了起来,斑点美洲豹也用后腿站了起来。两只大猫面对面地站着,像两个摔跤手一样,挥舞着前爪,不停

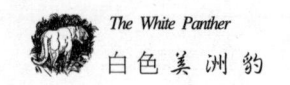

地抽打着对方，每只爪子上的五只锋利的指甲都伸了出来，好像能撕扯一切。

虽然库玛比对面的美洲豹体形大，但它现在意识到，它遇到了一个值得它大展身手的敌人，它必须动用所有的技巧来赢得胜利。因为它仍然能感觉到它在与貘的战斗中留下的痛苦，每次它向前猛冲时，它的肋骨都感到火辣辣的疼痛。更重要的是，它很久没有吃东西了，已经饿得很虚弱了。它那如钢铁般坚硬又如弹簧般灵巧的肌肉，以前总是服从它的命令，哪怕是极其轻微的调动。现在却似乎在捉弄它——它发现自己在做一些它根本不想做的动作。

它不知道它的对手比它老，也比它聪明，而且还带着许多历经另一场丛林战斗的伤疤。在那场战斗中，它用痛苦的经历磨炼出了善于战斗的技艺、技巧和智慧，并且发挥得淋漓尽致。

有那么一会儿，两只大猫面对面，牙齿闪闪发光，摆好了战斗姿势，等待一个合适的时机。于是，那只长着斑点的美洲豹以箭一般的速度飞向了库玛，狡猾地想在库玛恢复清醒之前扑过去，把它翻倒在地。

库玛侧身躲避了——但还不够快。它那敏捷的敌人先冲到了它身下，然后又往上冲。库玛感到自己摔倒了，四脚离地，同时感到尖牙在它暴露的侧腹上灼烧着。

库玛没想到竟解决不了对手的进攻，气喘吁吁地站了起

十、英雄相逢

来，决心不再上当。但那只斑点美洲豹对自己超凡的能力充满信心，甚至没有给库玛时间来恢复平衡。它像一道闪光一样飞奔而来，再次躲过了库玛的毒手，再次从侧面抓住了库玛，让它旋转起来。

这一次，这只黄色的幽灵没有给库玛重新站起来的机会。它朝库玛扑来，在胜利的狂热中尖叫，张开血盆大口，尖牙咬住了库玛的喉咙。

这一次，黄色的美洲豹寻找库玛的颈静脉——必杀！

头顶上，一群环尾猴停止了它们的杂技表演，低头盯着地面，对这场巨大的、凶猛得令整个森林都为之震撼的冲突惊叹不已。在头顶上，鹦鹉们紧张地拍打着翅膀，似乎感觉到丛林中这两只最大的猫科动物之间的这场战斗的严重性和致命性。被杀的鹿仍躺在地上——它是这一切的诱因——它就躺在被那只长着斑点的黄色美洲豹杀死的地方。

地上有一些白色的绒毛在微风中翻滚，还有几块从库玛身上撕下来的皮毛，这些皮毛是被那个欢欣雀跃的、不断进攻的敌人撕下来的，此刻它正准备，只要下巴咔吧一咬，就能了结了库玛的生命。

迷惑、抓狂的库玛本能地打着滚，想摆脱攻击它的豹。除非它能获得自由，站起来，否则末日就快到了。它比以往任何时候都更能感受到饥饿的虚弱，感受到伤口的剧痛，感受到这个急切的对手喷洒在它脸上的火辣辣的呼吸。

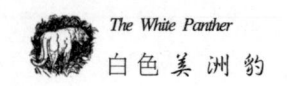

The White Panther
白色美洲豹

它盲目地滚开，拼命地站了起来。它还没来得及跳到一旁，那只黄色斑点美洲豹就再次扑到了它身上。库玛又倒下了，黄色斑点美洲豹也跟着它一起倒下去了。

但这一次，黄色斑点美洲豹在它急匆匆的杀戮中，暴露出了一只前腿。库玛的大嘴立马顺势用尽全力咬住了它。

痛苦和愤怒交织在一起，黄色斑点美洲豹尖叫着挣脱开，跳到一边。这一次，当库玛站起来的时候，它不再踌躇。几乎是奇迹般的，它的心境突变。它尝到了敌人的鲜血。

新的力量流进了它的血管。重燃的信心克服了它头脑中的困惑。虽然它的皮毛被撕破，溅满了自己的血，但它忘记了自己的疼痛，忘记了饥饿。它变成了一个复仇的恶魔，一个冷酷的白色狂徒，完全掌握了它体内每一个狡猾的原子。

在那一刻，库玛知道，自己是不可战胜的。因为它已经尝到了对手的血——它还会尝到更多！它发出一声咆哮，扑向那只黄色斑点美洲豹。它们两个滚了下来，几乎是打成一团，互相撕扯着，滚来滚去，唾沫横飞。在盲目的追赶中，它们碰到了那只死鹿，然后就分开了。但库玛没有给对方立刻恢复平衡的机会。它又跳了起来，想要打伤它的对手，削弱它的力量。

这一次，它命中了，黄色斑点的那只豹发出了一声尖叫。这次它们完全滚过了空地，在一棵树上猛地颠了一下，停了下来。

当它们再次摆好架势时，库玛察觉到了敌人的变化。这

十、英雄相逢

只黄色斑点的美洲豹,就在几分钟前,它还因为技巧如此娴熟而对最终的胜利充满信心,而这信心却在刚刚那一回合的战斗中被狠狠挫败。它的眼睛里闪烁着困惑和恐惧的光芒。它受了三次伤,而且伤得很重。它明显占了上风,但不知怎么又失去了。这只白色的大家伙是不是中了什么可怕的魔咒?

库玛以鞭子般的速度向它猛扑过去,取得了优势。由于腿受伤,那只黄色美洲豹跳向侧边时速度慢了一拍。库玛用四只脚向它扑来,把它撞倒,用凶狠的爪子撕扯它。它张着大嘴,想要咬对方的喉咙,可是那个黄色的家伙太狡猾了,没有让自己的喉咙暴露出来。库玛的牙齿都崩断了,却并没有咬住敌人的喉咙,而是咬住了敌人的一只耳朵,撕成了碎片。

那只被压得喘不过气来的大猫嚎叫着,及时抽身离开了。但是库玛没有给它片刻的时间使它清醒过来。库玛对自己和胜利如此自信,以至于它愿意利用自己受伤的机会来换取重伤对方的机会。自己所承受的给予对方的杀伤肯定比更严重。

那只黄色的家伙被撞倒在地,发出的尖叫声中既有恐惧,也有愤怒。差一点点——就差一点点,这次库玛还是没能咬到对方的喉咙。但它的爪子给了敌人狠狠的一击,它的牙齿咬住了敌人的肩膀,在它逃脱之前,弄得敌人身上的毛都飞了起来,更痛了。

库玛使出全身力气猛扑过去——最后的猛扑,将征服一切。

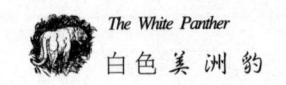

但这是什么？伴随着一声人类般痛苦和恐惧的大叫，那只黄色斑点美洲豹跳进了树林，逃命去了。它受够了。它的尾巴低低地拖着，显出失败的样子，冲进了灌木丛。

库玛正要追上去，但突然停了下来。它很虚弱——太可怕了！它吃力地喘着气，感到两腿在重压下奇怪地颤抖着。

不，它不会去追赶那只失败的美洲豹了。它就躺在原地，疲倦地呻吟着，暗自庆幸这场残酷的战斗终于结束了。它马上就要开始吃它赢来的鹿了，只有这样它的力气才会开始恢复。它的肚子空了太久。尽管库玛并不知道，但它的身体状况其实不适合与另一只美洲豹打斗。它是仅凭着勇气和渴望才战斗，并取得了胜利的。

就在那时，库玛意识到一切都不好。它直挺挺地躺着，喘着粗气，不顾十几处伤口的刺痛。这时，一股新的气味扑鼻而来。危险！

它跳了起来。

林间空地边上一棵天蚕树的树枝上蹲着一只毛皮光滑柔顺的大猫，几乎和库玛一样大。它用沉思的目光看着库玛和那只被杀的鹿，尾巴有节奏地慢慢摆动着。

那只猫是墨黑的——就像库玛通体雪白一样，黑得像库玛的尾巴尖。它是一只黑豹，它被战场上的咆哮和轰鸣吸引了过来。它从所处的有利位置上，平静地目睹了血腥的搏斗，当它看到那只没有保护的鹿躺在那里时，它变得非常感兴趣。

十、英雄相逢

它曾推敲过在那两只大家伙陷入打斗时溜出去抓那只鹿的可能性。但是鹿太重了，拖不走。如果是野猪或博伊斯，那就另当别论了。

现在黑豹的黄眼睛正盯着白豹的红眼圈……

库玛几乎气疯了，发出一声低沉的威胁的咆哮。要不是它累得几乎晕倒，它会毫不犹豫地向闯入者发出恐吓。相反，它半蹲着站在原地，从肚子深处咆哮着。

两只大猫对视了好一会儿——一只站在树上，黑得像夜，另一只躺在地上，白得耀眼，伤口的鲜血更加夺目。

如果黑豹知道的话，其实此时的库玛连和一只无害的刺豚鼠作战都不适合。它很容易就会成为猎物，而那只鹿也很容易就会成为黑豹的猎物。但黑豹对它刚才目睹的打斗记忆犹新。它还记得这头发起挑战的大白兽无比的勇气和不可战胜的攻击。

黑豹印象深刻，于是决定去找其他的肉，去它不需要战斗的地方。它无声地一跳，就跳到地上，迅速溜进了丛林。

筋疲力尽后，库玛倒在了地上。虽然它饿极了，但没过几分钟，它就恢复了足够的力气，摇摇晃晃地走到它迫切需要的那头鹿跟前。它头晕目眩，脑子里嗡嗡作响。除了许多抓伤之外，它还有一个伤口需要舔，但那可以以后再舔。

但当库玛终于一瘸一拐地走到鹿身边，开始撕咬它时，它感到温暖的肉正在送往它空洞的胃里，它立刻感觉好多了。每

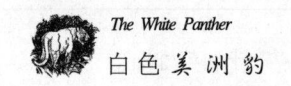

咬一口，它都意识到它的力量又回来了，感觉到新的力量流进它松弛的肌肉里。

这太棒了！生活就是这么美好！吃肉就是吸收能量！它再也不允许自己这么长时间不吃东西了。它再也不会让巨大的饥饿偷走它的力量，从而危及自己的安全了！

库玛骄傲地抬起头来。它骄傲地发出了胜利的呼号。难道它没有骄傲的理由吗？它不是痛打了迄今为止遇到的最野蛮的对手，把它赶进了丛林，痛苦而恐惧地嚎叫着吗？它不是单凭一声嗥叫，就把躲藏在暗处的黑豹吓得魂不附体了吗？

它要吃到饥饿减轻为止，它要一直喝到喉咙里的火辣辣被平息为止。然后它就可以睡上一整天，再睡上一夜。当它醒来的时候，库玛便会拥有征服世界的力量！

十一、在水上行走的人

库玛被吵闹的世界惊醒,但它此时毫无斗志。它的肌肉,甚至骨头,都僵硬、酸痛。虽然轻微的抓伤已经愈合了,但还有一两处伤口,必须用它鲜红的舌头去舔舐,用唾液去医治。

当炙热的太阳从地球的一端消失,又在另一端升起时,库玛就躺在一根大树枝上,正在认真地舔舐它的伤口。它的周围是一片缤纷的色彩和杂乱的声音。长尾小鹦鹉、金丝雀、蓝背金丝雀和海鹦在绿色的树叶中忽隐忽现,闪耀着耀眼的光芒;栗色的金刚鹦鹉发出金属般的叫声;神情严肃的巨嘴鸟,长着大得可笑的喙,像猫头鹰一样惊奇地盯着白豹;萨基温基猴子

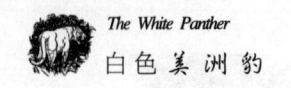

The White Panther
白色美洲豹

从一棵树跳到另一棵树,边走边不停地叽叽喳喳。

最后,库玛的伤口得到了抚慰,它皮毛上的血也被小心地清理干净,落到了地上。

它并不过分担心每一个动作所引起的疼痛。只要跑上一两英里,它的血液就会暖和起来,它的疼痛就会蒸发,就像太阳蒸发了金合欢上的露水一样。在它到达目的地之前,它还有很多的路要走——那条大河像一条蜿蜒的巨蟒流过丛林。

因此,刚出发的时候,它的速度并不是很快,它想在开始追踪猎物之前,先舒缓一下僵硬的身体,然后再去缓解它睡觉时的饥饿感。前一天,当它爬到树上睡觉时,它的肚子已经胀得要炸开了,那鹿肉的味道比它记忆中任何东西都要甜。但那已经是很久很久以前的事了,时间的魔力已经把它的过剩变成了饥饿。

奇怪的是,前一天没有下雨,现在,随着炙热的太阳在天空中越升越高,丛林里的空气变得干燥,充满了灰尘和花粉,它们钻进了库玛的鼻子,刺痛着它。但库玛知道该怎么做。

它在一个地方停了下来,在那里,溪流变宽,变成了一个又深又清澈的池塘,它深深地喝了起来。然后,尽管它非常讨厌水,它还是把嘴伸进水里,吸了一口气,抬起头,把水从鼻孔里喷了出来。

它感到神清气爽,继续赶路,小心翼翼地避开一条在附近泥泞的河岸上张着大嘴巴晒太阳的鳄鱼。它打算大致沿着这条

十一、在水上行走的人

小溪走,它知道,这条小溪就像丛林中其他的小溪一样,必然会汇入大河。在狩猎并吃掉了一只拉巴后,它在与小溪平行的高地上甩开修长的大腿,迈着洋洋自得地仿佛可以征服太空的步伐开始大步奔跑。

太阳升到天空的最高点,开始往下走,炙热的太阳炙烤着丛林。然后,随着热带丛林的突然暴怒,一片乌云遮住了太阳,狂风大作,大雨倾盆而下。

尽管库玛不喜欢水,但它已经开始用一种哲学的眼光来看待频繁发生的暴风雨。暴风雨来得快,去得也快,让丛林里纠缠着的植物潮湿得冒着热气。它现在只是寻找最近的一个可以庇护它的山谷,等待大雨耗尽它的力量,然后再上路。

下午晚些时候,它走下一个漫长而平缓的斜坡,穿过一丛茂密的竹林,停了下来,敬畏地张大了嘴巴,眼神都直了——

这是一条大河,一条奔腾的大河。

库玛从未见过如此辽阔的水域。它永远也不会相信世界上有足够的水来覆盖这么多的土地。然而此刻,这就在它面前。

没有一根倒下的木头能载着库玛过河!即使是那棵有五十人那么高的莫拉树倒下去,也无法到达对岸。如果库玛想过河,除了费时耗力地游过去以外,别无他法。

当库玛站在那里惊叹时,夕阳把它的身影渐渐拉长,它开始听到一些微弱的声音——似乎是从下游飘上来的。人类!是人类的声音!偶尔远处还传来狗叫声,这种动物似乎总是和人

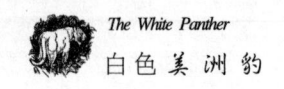

类待在一起。

库玛心里不安起来。它不喜欢这些带着飞镖的人。也许它最好现在就开始向上游走。

但是它的好奇心，以及对美味的狗肉的记忆，仍然留在心头。它知道，人类总是在晚上睡觉。狗也经常和他们一起睡在他们的吊床旁边。它为什么不能谨慎地等待时机，等到天黑，然后从狗主人的鼻子底下偷走一只狗呢？它以前就这样做过，虽然不是完全成功……这一次它要做得十全十美！

这时，库玛发现了让它大感不解的事情。沿着河的下游，绕过远处的一个拐弯处，两只非常长的动物正朝它游来。库玛一生中从未见过这样的家伙。它们的头顶上布满了疙瘩，长着又长又细的胳膊，不停地来回摆动。然而，令人惊奇的是，声音正是这些着装古怪的可怕的动物发出的，它还以为那是人类的声音！

这是什么呢？库玛很紧张，但又被无法控制的好奇心攫住了，它爬上了一棵高大的绿心樟，以便能更好地看到向它走来的是什么。当它往下看时，那些奇怪的东西越来越近，它比以前更加迷惑了，因为它注意到——刚才那些疙瘩的突起其实是人的头和肩膀！

库玛对这一现象思考了良久，然后它明白了这是怎么一回事。住在河上的这些人类在某些方面明显不同于库玛在遥远的丛林里遇到的印第安人。然而，他们也像其他人类一样狡猾，

十一、在水上行走的人

能训练狗服从他们的命令。显然,这些住在河上的人训练了一些巨大的水生生物来驮着它们。经过一番论证,一切都变得简单起来。

但当他们漂得更近时,库玛从高处往下看,发现自己错了。人们骑着的这些长长的东西看起来毫无生气,更像是木头。每一个圆木状的物体里都有五个人和一到两条狗。

这些人,借助他们手中的圆木和细长的杆子,在水中行走。他们在水里,可是他们没有湿。啊,这些人是多么神秘的生物啊!库玛从来没有一次在水里却不被打湿,它也没有想过还有其他的可能。

天色越来越暗,看不清了。他们在库玛蹲着的树的对面停下来,可以清楚地听到他们发出奇怪的声音。他们待在离对岸很近的地方,因为一个库玛不知道的原因:他们在逆流而上,希望避开河中心的激流。

然后,在库玛的注视下,他们渡过了河,把木头放在沙滩上,踏上了陆地。库玛盯着他们,眼睛闪闪发光,爪子紧张地刨着树皮。天很快就要黑了。很快,这些人就会累了,躺下来睡觉。很快,狗儿们也要睡着了。

然后——然后库玛就会发起攻击!

十名着装古怪的印第安人小心地把他们的船靠岸,以免船漏水。建造这些船花费了大量的劳动,而印第安人非常讨厌劳动。他们用几厘米厚的笔直的巴拉梅利亚树的树皮造船,用小

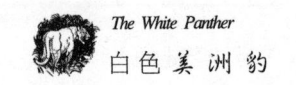

刀切下了整整五个人高那么长的树皮。其他的树都不行，因为只有这种树的树皮很容易从树干脱落，而且像鱼皮一样防水。

他们还为这巨大的树皮建造了一个坚固的框架。这样做的时候一定要小心谨慎，以免刮伤树皮的内部，因为树皮上有一层天然的防水膜。即使是非常轻微的撕裂或损坏，以后也会造成麻烦。在框架铺设并固定好，树皮壳的两端向上翻转之后，独木舟就完工了，可以载着人们沿着短吻鳄出没的河流逆流而上了。

印第安人现在正在狩猎。男人们不愿做家务，所有的家务都交给了他们的女人去处理：采集野生木薯，切碎，挤出它们的毒素，用它们的果肉做硬木薯面包。那些都是妇女的工作。而这些男人作为猎人、勇士，他们的任务是冒着大河的危险，冒着人迹罕至的丛林的危险，去寻找他们最爱吃的肉，而不是粗糙的木薯面包。这一切都需要他们不停地工作。但他们的肚子对肉的渴望是如此强烈，以至于他们甚至愿意付出劳动来获得肉。

当那十个印第安人带着他们的狗离开独木舟，走向他们选择的可能过夜的开阔山谷时，天已经快黑了。他们一大早就离开了位于下游的村庄，整整划了一天。逆水行舟是一项令人疲惫的劳动，即使在水流不那么湍急的河边也是如此。他们累了，要睡觉了。他们心里有一个安慰的想法，那就是狩猎结束返回村庄时，他们就会顺流而下，那时几乎毫不费力。

十一、在水上行走的人

印第安人带着他们的营刀，弓和箭——他们用长在河边的又直又结实的芦苇制成箭，用鱼的尖牙作箭尖，把鹦鹉明亮的尾羽固定在箭的另一端。

他们还在独木舟上带着吹气枪，一吹就能射出致命的小飞镖，不过这些飞镖只能刺穿动物的皮肤。这些飞镖的尖端涂抹着致命的毒，一种只有他们才能酿造的致命毒药。这种黏稠液体的毒性很大，很难说清这是怎样一种剧毒——当一支箭轻轻击中一只猴子时，猴子就会一头扎倒在地上，没落地就死了。只要扎一箭——就非常足够了。

印第安人疲惫地展开他们的女人们用野棉花编织的吊床，吊床用浆果汁涂上了颜色。他们把吊床挂在树间，离地几乎有一个人那么高，这样他们就不用担心蛇、蜘蛛和蚂蚁，这些是他们最害怕的。

在夜鹰的歌声和白翅伞鸟①的哨声中，印第安人爬上吊床，在峡谷中央留下一堆燃烧着的篝火。他们就要睡了，梦想着明天将享受一场无比光荣的狩猎。他们将深入丛林，那里到处是他们非常喜欢吃的野猪肉。印第安人太聪明了，没有从地面上跟踪这些邪恶的生物。印第安人会从野猪爬不上去的树上，用他们精准的箭术一个接一个地击中它们。

还有猴子！当然，没有什么比在火上烤的猴肉味道更好的了。等到了第二天，猎人会通过他们的技巧，用吹气枪击落许

---

① 分布于南美洲的一种鸟类。主要取食水果、绿叶与一些昆虫。

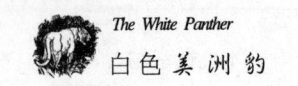

多猴子。即使是鹦鹉,他们也会杀死,出于虚荣心,他们很喜欢把鹦鹉五颜六色的羽毛挂在手腕和脖子上。

啊!等到了第二天,他们必要大吃特吃,吃到站不住为止。再过些时候,他们可能会把没吃完的东西拿出来,放在一堆绿林火堆上熏着,免得受热变质,然后带回家给女人们享用。

印第安人就是这样做梦的,他们从未想到有一双火红的眼睛正从高高的树枝上注视着,注视着……

库玛一次也没有离开它所栖息的树木,也一次都没有把目光从印第安人身上移开,因为他们从独木舟上拿起武器,搭起了临时的帐篷。它怀着无限的耐心,舒舒服服躺着,等待着。暮色渐渐消失在阴森的黑暗中,黄色的月亮在天空中变得又大又亮。

它看上去耐心而舒适,几乎是半睡半醒。可是它的脑子还是活跃的,它的感官一刻也没有放松。它已经很久没有吃过狗的肉了。它再也等不了了!在它的想象中,它已经尝到了它那甜蜜而温暖的味道。

的确,这里面有危险。印第安人用弓射出的箭出奇的精准。但这一次,库玛会悄无声息地干它的活,没有一个印第安人会被惊醒。即使他们中有一个人醒来了,库玛仍然认为它可以逃脱,不会受到什么严重的伤害。

假如有一支箭碰巧射中了它呢?库玛对此并不太担心。它

十一、在水上行走的人

以前曾被上面飞出来的箭击中过,虽然也会引起刺痛,但比起它在与美洲豹搏斗中所受的伤来说,这根本算不了什么。为了得到它想要的东西,冒着受这样一点小伤的危险是很值得的。

但库玛还有很多东西要学。它不知道毒药比伤口致死更快。它不知道吹枪,和只要刺穿了皮肤就可以快速致死的可怕的毒液。

印第安人早就上床睡觉了,营地里一片寂静。三只狗也准备过夜了。其中最大的一只——库玛特别注意到了这一只,因为它很大,所以能吃到更多的肉。这只大个子懒洋洋地走到篝火和一个正在睡觉的印第安人中间的地方。它在那里转了几圈,然后就趴下睡着了。

库玛心下默默地欢欣鼓舞。对它来说,这么一来那狗可比直接在主人的吊床下睡觉更容易抓到了!

黄色的月亮越来越大,越来越亮,而篝火发出的光芒也越来越暗。库玛再也不怕火了。它始终尊重跳跃着的火焰,总是与它们保持距离,它确信,如果它这样做,它们就不会攻击它。

最后,库玛的心因捕猎的刺激而怦怦直跳,它从树上爬到地上,发出的声音比蜘蛛还小。它小心翼翼地绕着营地转,这样微风可以把一切都直接吹到它的鼻子上,把猎物的气味带给它。然后,每走一步,它的身体就往地上沉一沉,它就这样前进着。

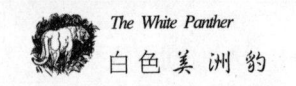

The White Panther
白色美洲豹

它慢慢地、小心地、一寸寸地爬着。最后,透过一棵巨大的蕨类植物的嫩叶,它看到了营地。

有动静!

库玛紧张起来,准备一跃而去。那声音又来了,一次又一次,缓慢而有节奏的。现在听起来几乎像是一声咕哝,然后就变成了一声柔和的口哨声。咕噜咕噜几声,接着一声哨声……又是咕噜声……哨声……

库玛放松下来。在这种柔和的声响中,是没有危险的。这仅仅是一些动物在睡觉时发出的声音。声音是从一个吊床上传出来的,它听到的只是一个熟睡的印第安人的鼾声。

一切都很好。火燃得很低。借着它微弱的光芒,库玛可以看到三只狗中最大的那条正在炉火和它主人的吊床之间熟睡。狗睡觉时做着梦,因为它的爪子不时地抽搐。库玛的下巴流着口水,就像它每次看到食物近在咫尺的时候一样。这次会很简单的——不过是一瞬间的事!

库玛的肚子几乎快要触到地面了,它从庇护它的枝叶中爬了出来,进入了开阔的幽谷。渐渐地,它缩小了与猎物之间的距离,每一种感官都在警觉着某种意味着危险的突然声响。它只听到印第安人安静的鼾声。

在垂死的火焰周围,库玛盘旋着。再走几英尺,它就可以无声无息地扑向猎物,给出致命的一击。鼾声如雷的印第安人在吊床上动了动,又安静了……

十一、在水上行走的人

库玛现在离那只狗如此之近，以至于它可以感受到这只毫无戒心的动物平静的呼吸。它又鬼鬼祟祟地走了一步，抬起前爪——迅速而准确地对准了狗的脖子。

那条狗的脖子当即就断了，只抽动了一下，就无声无息地死去了。库玛用嘴咬住它，准备逃跑，它确信自己的工作做得很完美，没有人注意到它的声音。

但事与愿违，它被发现了！

虽然库玛没有发出任何声响，但那个打着呼噜的印第安人却被一场可怕的噩梦弄得心烦意乱，突然一下子惊醒了。他抬起头来看，这使他怀疑自己是否神志清醒。他是否看到一只看起来像猫一样的白色大野兽正在杀死一只狗？他是真的看到了这一切，还是只是他梦中的一部分，他想象出来的虚构的东西？

印第安人掐了自己一下。他真的醒了。

"哟！"他突然大叫，从他的吊床上跳起来，手伸向他的吹枪。"哟！"

安静的营地原本在一片漆黑中沉睡着，刹那间变成了一片嘈杂。另外两只狗开始歇斯底里地激动地吠叫，尽管它们还不知道为什么激动。另外九个印第安人，被它们的叫声粗暴地惊醒了，惊慌失措地从吊床上摔了下来。

而库玛——叼着狗——正奔向丛林的庇护所。出了点儿问题，但它能确定，肯定不是它的错——另有一件事唤醒了这个

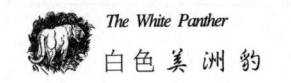

The White Panther
白色美洲豹

大嗓门的印第安人，使库玛被发现了。尽管如此，它肯定能轻而易举地逃掉。

虽然库玛的速度快如闪电，但它的速度还不够快。就在它要进入安全的森林时，它听到身后传来一种陌生的声音。

飕！

那是利剑出鞘的乐曲，是所有武器中最致命的。印第安人使劲一吹，从吹箭枪中射出一支细长的飞镖，径直飞向目标。

它击中了库玛的侧翼，并粘在那里。但是，它竟然并没有立即感觉到。它稳稳地抓住猎物，一头扎进了茂密的森林，感到极大的宽慰，因为现在它安全了。没有笨手笨脚的印第安人能跟它到这儿来！

营地一片混乱。印第安人对这只白色的怪物——就像一只美洲豹，但却是纯白的——极为激动地互相吼叫着，它偷了他们的一条狗，跑掉了。另外两只狗，尖声叫着，嗅到了库玛的气味，开始追赶。

在不远处的黑暗丛林里，库玛突然感觉到它的侧翼有一种奇特的刺痛感。就好像有什么荨麻刺穿了它的皮肤，虽然它并没有感到很痛，但它停了下来，把猎物放在地上，以便观察自己的伤势。它惊奇地发现有一只小飞镖紧贴着它的侧翼。但这样一个小得荒谬的一支箭——那么小，肯定造不成任何伤害！它用牙齿咬住它，把它拔了出来。

库玛不知道它还活着完全是运气好。它不知道那支标枪

十一、在水上行走的人

是新的,也不知道那个印第安人在睡眼蒙眬的慌乱和匆忙中,还没有时间把标枪尖放进可怕的毒液里,因为没有涂抹毒液,它才是无害的。如果上面涂了毒,那库玛现在就死了——必死无疑。在它身后,猎狗跟着它,激动的叫声把丛林弄得哗哗作响。库玛捡起它捕获的狗,上路了。它的追捕者根本无法赶上它的速度——这一点它很清楚。如果它愿意的话,它可以等着,在狗向它扑来的时候,把它们一只一只地宰了。但它继续往前走,成为月光下闪着的一道白光。一只狗——而且是一只大狗——就够它过夜的了。

后来,在河上游离印第安人营地很远的地方,库玛停了下来。它远远甩掉了它的敌人。它是安全的。就在那里,在银色的月光下,库玛发出了自豪和胜利的呼喊:

"嗷呜——"

它是丛林里所有生物中最幸运的,尽管它自己并不知道。但它很快就发现了,这种难得的运气不会永远保持下去……

十二、"活"的树

库玛一连几天都待在大河附近。它发现在这里非常容易找到肥美的猎物。丛林中所有的动物，无论大小，都来到水边饮水。这只狡猾的大猫就这样等待猎物的到来。成群结队的鹿来到这里，笨重笨拙的貘在沼泽的回流区比比皆是。那里似乎有数百只长有刺背的鬣蜥。库玛对鬣蜥不屑一顾。虽然它们外表凶猛、一副安然自得的样子，但它们只吃草和树根，每当它一走近，它们就像风一样逃走了。

正是在这条河的附近，库玛无意中报复了一只它深深憎恨的动物——貘，因为貘曾羞辱过它。

十二、"活"的树

它注意到，尽管这些貘看起来很愚蠢，但它们其实非常聪明，它们知道如果离开了它们的自然栖息地——沼泽，就会面临危险。因为貘没有武器，只有它那锋利的蹄子。在糊状的泥沼中，像库玛这样的食肉动物站不稳，而貘却可以稳稳地站在那里，用这些蹄子发动可怕的攻击。但是在陆地上，它几乎对猫的攻击都无能为力，除了它那极其厚而滑的皮来保护它以外，什么也没有了。

一天，库玛懒洋洋地在树枝上舔自己的毛，突然听到附近沼泽里传来熟悉的貘的呼噜声。库玛没有理会，继续舔着。它清楚地记得，就在不久以前，它曾受到过这样一个笨重的家伙的重击！它清楚地记起了自己的决心，再也不去招惹它们了！

但这次——这次不一样。因为这只貘正以它缓慢而嘈杂的方式从沼泽里出来，朝库玛躺着的那棵树走去。库玛停止了舔舐。它看见那头貘在小路两旁的树根间好奇地嗅着。当库玛知道这么大的动物可以只靠树根和绿色植物为生，而且根本不吃肉时，它感到很惊讶。得知此事之后它更是看不起貘这种动物了，因为对库玛来说，任何不吃肉的生物都是不值得注意的。

然而，它现在却忍不住注意着貘。这个愚蠢的家伙不断地向它靠近，就好像根本没有树，也没有能爬上树的美洲豹一样。库玛竖起了耳朵。它回忆起在它最后一次与貘的灾难性战斗中，它的牙齿无法刺穿貘的皮。但现在，当它仔细观察

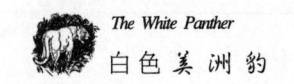

时，它发现貘的喉咙处有一个小凹点，就在下颚的后方。库玛想，如果它能在那个特定的地方下嘴的话，它就能杀死这个动物。

对库玛来说，既然思考了就要付出行动。它悄悄地转过身，跳到另一根树枝上，又沿着这根树枝偷偷地爬到另一棵树的树枝。当这只美洲豹一次次在树枝上跳跃时，几乎没有一片树叶颤动。很快，它就到了貘正上方的一根树枝上。而貘始终天真地用它短粗而灵活的鼻子探进地里觅食。

库玛纵身一跃。

这是一个长长的、如同在空中飞翔般的跳跃，库玛确信它会把貘狠狠扑倒在地。它直勾勾地盯着这个家伙的脊骨，接着，突然发生了意想不到的事情，库玛几乎无力应付这一巨变。

出乎意料的是——貘并没有被扑倒。当库玛落在它身上时，貘发出了一声惊恐惧的哼叫，但它粗壮的双腿仍然支撑着它保持站立，接着它开始向沼泽跑去。库玛茫然无措。这是它以前从未遇到过的情况。它骑在貘的肩膀上，受惊的野兽在恐惧中发出像口哨声一般的哀嚎，每迈一步都在加快速度。很快它就会回到沼泽里——而那是库玛最想避开的地方。

库玛本可以轻易地跳到地上，让貘自己跑回去，但它不想那样做。那等同于承认失败。相反，库玛用锋利的爪子戳进了

十二、"活"的树

貘的皮毛。然后它伸长脖子，把头伸到貘的喉咙下面，用尽全身力气咬了一口它刚才注意到的凹处。

貘发出的哨声戛然而止，突然，它重重地跌倒在地上。库玛也从貘背上被甩下，抛到了十米之外。它像闪电一样返回，以免它的猎物站起来逃跑。但貘静静地躺着，它的颈静脉被切断，它死了。

库玛吃惊地瞪着眼睛——也就是说，只要你知道怎么做，杀死这种动物是如此轻而易举！这种巨大的动物的皮和金鸡纳树的树皮一样厚，但只要咬在合适的地方，它会像拉巴一样好抓！

库玛高兴地发现，貘的肉很嫩，味道很美味，但尽管它狼吞虎咽得几乎要发出呻吟，它也没法全部吃完。所以它把剩下的留给了贪婪的丛林蚂蚁，它知道这些蚂蚁只会留下貘的白骨在烈日下曝晒。

河边的猎物非常丰富，而且很容易捕获，所以库玛很快变得皮毛光滑、营养丰富，几乎可以说是肥胖的。不久以前，它的肋骨上似乎什么也没有，只有它珍贵的白色皮毛。但现在在它的肋骨和皮肤之间有一层肉了。

尽管它在那里的生活很安逸，但它开始感到沮丧了，也许正是因为那里太过于安逸了。库玛不是懒惰的动物。它喜欢鬼鬼祟祟、煞费苦心地追踪它的猎物——而不是猎物一个接一个地自己送上门来。它希望生活充满狩猎的刺激。一想到下

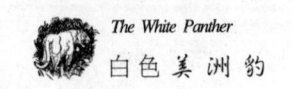

一顿饭只要它等一会儿就会来，它心里就会产生一种奇怪的不满。

带着这种情绪，它开始渴望那片它至今记忆犹新的遥远的土地。作为一个流浪者，库玛的一生中永远不会在一个地方停留太久。它要回到它来的地方！

于是，库玛二话没说，就顺着一条小溪出发了，它知道这条小溪会把它引到内陆去。它开开心心地上路了，它可以轻松地跑上几个小时都不用休息。

就在旅途的第二天，当它快要到达目的地的时候，库玛遇到了一件它做梦也想不到会发生的恐怖事情。它饿了，正在寻找食物，这时一股新鲜的气味扑鼻而来。味道强烈而刺鼻，似乎就在附近。然而，不管它怎么努力，它就是找不到。

它的鼻孔在颤抖，努力地寻找着。虽然那气味很奇怪，而且有点油腻，但那是肉的味道，而这正是它最感兴趣的。

突然，那东西就出现在它面前，离它只有跳一下的距离。但直到现在它才发现，气味就是从这个物体上发出来的。

这就像一根断了的树枝，但对库玛来说，这是一种从未见过的树。它不像其他树长在地面上，而是悬在半空中，最低点离地面几米。

但库玛认为这不可能是一棵树，尽管它与其他任何东西都不相似。这东西，不管它是什么，闻起来都像是能吃的东西的味道。在这一点上，库玛的鼻子永远不会弄错。

十二、"活"的树

没有第六感警告库玛——就在它眼前，潜伏着最险恶的危险。也没有本能告诉它要逃跑，逃命。现在统治着它的——只有饥饿和好奇心。

那像一根挂着的大藤蔓一样的东西其实是一条巨大的蟒蛇，几乎有一个人的腰围那么粗，有五个人那么长。它用尾巴挂在一根莫拉树粗壮的树枝上，一动也不动。虽然它看上去像是睡着了，但实际上它是清醒的，警觉的。它挂在那里等待——等待食物上钩。

几周前，巨蟒用它强有力的盘绕把一只成年鹿压成肉酱，然后把整个鹿吞了下去。如果一个人类走近了，它也会对他做同样的事。蟒蛇已经在树枝上睡了三个星期，慢慢地消化着鹿。然后，它又饿了，它就把尾巴垂下来，等待更多的食物。它只在太阳落山后才去猎食，白天都回去睡觉。

现在天就快黑了，库玛在不远处蹲着，凝视着这个怪物。虽然它对这种陌生感隐约感到不安，但它的渴望远比怀疑更强烈。它从早上起就没吃东西，它的身体需要食物。

它又闻了闻。气味虽然很油，但很好闻。当然，这个一动不动的树一样的东西，不管它是什么，都无法抵抗伟大的库玛！带着这个致命的盲目想法，库玛扑了上去，用它的尖牙咬住了这只动物粗壮的躯干。

在那一瞬间，天空似乎要塌下来，砸向了库玛。那条蛇把尾巴从挂着的树枝上松开了，带着它巨大的重量掉了下来。库

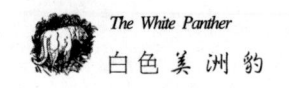

玛的身体被打翻了，脚也被压得喘不过气来了，而这条蛇只是不由自主地哼了一声。

带着惊讶和愤怒的尖叫，库玛跳起来，准备开战。但还没等它喘过气来，大蛇就把它卷了起来，开始挤压它。

黑暗的森林里回荡着疯狂的咆哮，库玛努力对付着这个可怕的威胁。到目前为止，它遇到的每一个敌人都长着尖牙、利爪和蹄子。可这次的敌人却没有尖牙，没有爪子，没有蹄子，它只是盘成圈，一圈又一圈，无穷无尽，同时以难以置信的强度挤压着库玛。

库玛用牙齿咬了咬它肚子上的圈，巨蟒的力量如此之大，库玛甚至在担心自己会被断成两半。库玛愤怒地吐着唾沫，它放松双腿，用爪子无情地来回挠，弄得巨蟒鲜血直流。

那条巨蟒像鞭子一样扭动着，重量压断了小树，把矮树丛压平了。库玛倒在地上——但它刚倒在地上，就被巨蟒再一次缠住了。库玛挣扎着呼吸。无论在体形还是力量上，它都无法与这种丛林中的巨无霸抗衡。它现在充满了强烈的恐惧，只想逃进丛林，逃离这个像线圈一样把它缠得死死的家伙。

它野蛮地用牙齿咬着、用爪子划破巨蟒的身体。巨蟒猛力一甩，把它扔到地上。它现在几乎自由了——再向前一跃，它就可以脱离这个家伙了。

库玛努力逃了，可又被缠住了。它在绝望中尖叫着，觉得自己又被嗖地一下抛向空中。但带着豹子至死方休的战斗勇

十二、"活"的树

气,库玛不停地抓着、撕咬着。巨蟒身上那长着斑点的褐色皮肤现在正滴着血,但那怪物似乎一点也没有变得虚弱。

巨蟒除了接连发出攻击以外,没有发出任何声音。这个家伙的嘴里没有发出一点声音,就好像没有参加战斗似的。只有那些可怕的、强有力的、扭曲的线圈般躯干在挤压着,直到被夹在里面的不幸的受害者被压成一团糨糊才肯罢休……

库玛用尽所能,也仍然觉得自己正在输掉这场战斗。似乎无论它把敌人伤得多深,都无法杀死对方。但它确信巨蟒能感觉到身上的伤口,因为每当库玛咬它的时候,巨蟒便会因剧痛而更加强烈地扭动。

现在巨蟒正盘在库玛的身体中间,开始以无情的力量挤压它。更紧了……压得更紧了。库玛呻吟着,挣扎着呼吸,它知道它不能再挣扎了。它的体力在衰退,它不能仅凭蛮力去战斗。

它更加用力地撕咬巨蟒的躯干。它拼命地拉扯,试图以此来让臀部逃脱巨蟒的缠绕。

巨蟒疯狂地扭动着,把库玛狠狠地摔在地上,然后又把它甩到高处。但在它扭动的过程中,巨蟒把它松开了一点——是的,一点就够了。

经过一番痛苦的挣扎,库玛拖着它的身体挣脱了一圈被巨蟒血弄得很滑的缠绕,同时,巨蟒另一段躯干击中了库玛,把库玛打到了空中。

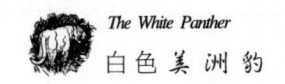

如此一来，库玛趁势四肢着地，跳进了丛林。虽然它的身体酸痛，它的肺快要因疼痛而爆裂，但库玛还是忍着，耳朵向后倒，逃命去了。它在黑暗中一直跑着，直到它觉得自己安全了才停下。它发誓，它再也不会去碰那个挂在树上、没有獠牙和利爪的致命动物了！

然而，尽管如此，库玛并没有对自己感到不满意。它让那个家伙血肉模糊，在巨蟒的皮上留下了印记。而它——库玛——活下来了！

十三、库玛的路

如果不是一声狗叫,最可怕的威胁也许不会降临到库玛头上。

当时,库玛正舒舒服服地躺在一棵巨大的莫拉树宽阔的横枝上,这棵树把它庇护得严严实实,所有可能经过下面的动物都完全看不到它。它在与巨蟒的可怕战斗中所受的伤,现在已经完全康复了,只剩下一边的肩膀有一点轻微的疼痛,这一点对它来说几乎算不上什么困扰。它现在还没有心情再打一仗。它真想就在原地躺着,直到有个不小心的动物从下面经过,它就扑下去。

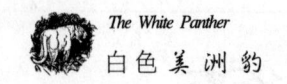

因此，当风把狗的吠声送到它耳朵里时，它并没有立刻从栖木上起来。不过它竖起耳朵，仔细听着，因为它知道，哪里有狗，哪里就可能有人类。

最后，狗又叫了起来，奇怪的是，那声音似乎既不近也不远。狗又叫了一声，这让库玛想起了很久以前它最后一次吃狗肉时的美味。

现在狗的叫声是稳定和连续的，库玛觉得它有了一个疯狂的发现，并且对此深信不疑——随着时间的推移，狗的声音越来越高，最后不再是轻吠，而是狂吠。

于是，库玛决定进行一探究竟。它无声无息地从栖木上跳下来离开。它敏锐的耳朵告诉它，那条狗并没有改变过位置，因此似乎可以肯定，那个两条腿的敌人没有跟狗在一起。即使印第安人在那里，库玛也可以在不被发现的前提下看到他。

库玛越过了一个峡谷，跳上了一个斜坡，然后放慢了步伐，向吠声传来的地方走去。那只狗不停地嗥叫着，丛林里满是一只猫科动物狂野的嗥叫，猴子们也跟着叫了起来。库玛的鼻孔里是这头吵闹野兽的气味，肚子里是饥饿，脑袋里是好奇。

如此喧闹，即便库玛不小心翼翼地走过去，也不会被发现。但是无论在什么情况下，它都不会再粗心大意了。一如既往地，它在一段足够远的距离内小心翼翼地绕着那个地点转了

十三、库玛的路

一圈,以免它的气味被狗嗅到。然后它轻轻地钻过去,风吹过它的鼻子,狗的气味很强烈,闻起来好极了!

库玛蹑手蹑脚地走近,耳朵里的叫声越来越响。它对狗除了轻蔑以外,从来没有别的感情,现在它的轻蔑变成了不屑。多么愚蠢的动物啊,竟然用这种方式让整个丛林都知道它的存在!野狗就不会这么蠢了。那么,这一定是人类驯养的狗之一——因此,库玛保持着特别的警惕。它不想再被那些给它带来痛苦的利箭击中了!接着,库玛怔住了。它闻到了人类的气味!不是在空气中,而是在地面上。而且,这气味既不新鲜,也不强烈,片刻之间,库玛就明白了——虽然几个小时前有人类经过这里,但他已经不在附近了。

植被非常茂密,库玛必须一跃而过才能看到狗。那家伙躺在一个深深的口袋里,周围几乎全是蕨类植物、藤蔓植物和灌木。这时,它已经停止了狂吠,躺在那里,脑袋放在两爪之间,伸着红色的舌头,唾液从嘴里滴下来。

库玛看着,一动也不动。这只狗几乎是藏在了一个被植物遮挡住的洞里。这让它很困惑,它以前从没见过这样的事情。这只狗似乎没有受伤。那它为什么这么惊慌?如果它害怕了,为什么不离开这个地方呢?这是怎么一回事?

过了一段时间,这只狗恢复了力气,它的叫声又开始响彻丛林,它一边呜咽,一边以一种奇怪的方式上蹿下跳。突然,库玛离它很近,近到即便微风没有向狗的方向吹去,狗也能闻

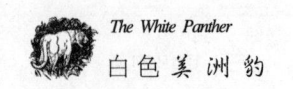

The White Panther
白色美洲豹

到豹子的存在。库玛看到狗愣住了，狗发现它了。

这只误入歧途的动物就这样制造了一场库玛从未听闻的疯狂的混乱局面——它跳跃着，愤怒地咆哮着，毫不掩饰地恐惧地狂吠着。然而，它从未从它坐着的那个大口袋里出来！库玛不禁厌恶地哼了一声。这真是一个自取灭亡的家伙，而库玛，准备给它一个教训！

库玛跳了起来。它优美的身体在空中划出一道弧线，然后一头扎进狗的那个口袋里。这只狗发出了一声绝望的尖叫——然后它很快就死了，因为库玛的利齿已经咬进了它的喉咙。

啪！

库玛身后响起一个尖锐的声音，它立马转过身去。那里似乎什么也没有。然而，它发现自己进去的那个口袋已经不像原来那样了。取而代之的是一种奇特的装置，一根根结实的杆子紧挨在一起。

强烈的怀疑使它忘记了自己是来猎杀猎物的，库玛逃了出来。杆子击中了它的头，它咕咚一声倒在地上。它再次跳起来，结果又撞到一道坚实的障碍物上，被甩了回来，头晕得摇摇欲坠。

它突然感到恐惧，环顾四周。在它的四周和上面，都是同样坚固的木头屏障。木头上有人的气味，虽然很微弱，但很明显。

库玛哪里会知道那个独行的印第安人一看到白豹就念念

十三、库玛的路

不忘呢?库玛哪里会知道那个恶魔般狡猾的印第安人即使要花上好几个月的时间,也要诱捕它呢?他巧妙地建造了陷阱,用结实的尼比藤把粗壮的杆子系在一起,然后放在一个合适的地方,用树叶覆盖,然后把一只狗拴在里面作为诱饵。

库玛哪里知道第二天早上印第安人会到他的陷阱里去看看他是否抓住了那只传说中的野兽呢?如果他不是亲眼所见,他可能会怀疑它的存在。

库玛对这些事情一无所知。它只知道自己被关在笼子里,而那个人类与此有关。它知道它必须获得自由,否则就会死。

白豹没有为它刚刚杀死的那条狗发出胜利的嚎叫。它忘记了狗,忘记了自己的狡猾。库玛暴跳如雷,它咆哮着,蹲下身子,使出全身力气一跳,结果只是"砰"的一声敲在笼子的边缘,然后愤怒地瘫倒在地。它又是吐唾沫,又是尖叫,又是纵身一跃,又被扔到地上。它试了一次又一次,气得整个笼子都跟着抖动,但仍是无能为力。

印第安人知道豹子很强大。印第安人用他在河岸边能找到的最结实的杆子做了笼子,并用最结实的尼比藤把杆子固定住。

在一棵绿心樟的树枝上,一群环尾猴聚集在一起,俯视着这奇怪的一幕。笼子被蕨类植物和树叶藏得很好,猴子们看不见豹子,但是它们很清楚,豹子就在笼子里。它们看到树叶在颤动,听到了恼怒的咆哮,看到这一幕,它们高兴得手舞

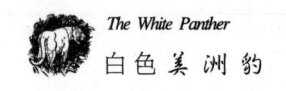

足蹈。

在远处的山脊上,一只豹子停了下来,不安地嗅着空气,微风把库玛的声音传了过来。那些吼叫在它的耳朵里是那么可怕,它转过身去,急忙上路了。

在笼子里,库玛失去了一切理智,什么也看不见,什么也听不到,只知道自己被困住了,必须逃跑,它向上跳,残忍地用自己去撞击笼子,然后再掉下去。

夜幕迅速降临,夜鹰甜美的叫声清晰而凉薄。玛姆鸟发出日复一日的唧唧声,铃鸟发出洪亮的叫声。金刚鹦鹉和长尾小鹦鹉准备睡觉,环尾猴继续前行。夜幕降临了,夜间的生物也随之走动起来。丛林——广阔无垠,毫无怜悯之情—— 一如既往地继续着。

一切都一如既往,除了库玛……

库玛曾经是那么骄傲和目中无人,现在却成了被可怜的对象。它一次又一次地用力撞向这座牢笼,摔回去,然后休息一下,以便有力气再做一次努力,但只有一次次失败。现在它直挺挺地躺在地上,喘着粗气,脑袋里像是被狠狠地打了一棍,嗡嗡作响,浑身酸痛,肺里刺痛。在它走投无路的时候,它又一次用上了以前曾多次给它带来好处的狡猾手段。

它痛苦地站起身来,久久地凝视着这个把外面世界与它隔开的笼子。最后,它挑了一根最细的杆子,用牙齿咬了上去。结果是绝望的。木头很结实,库玛意识到它的牙齿在咬断这根

十三、库玛的路

杆子之前就会折断。

它的狡猾,它的速度,它的力量——现在都一无是处了吗?

当它进来时,门已经"啪"地关上了。库玛看到那里的两根杆子之间的距离比其他杆子之间的距离宽。它疲倦不堪地试探着这个距离。它能把前嘴穿过去,但仅此而已。

然后,在完全的疯狂中,库玛冲向笼子的墙壁。它要么逃出去,要么死在逃跑的路上!它将会——

怎么回事?它是不是感觉到其中一根杆子松了?尽管它全身的肌肉都在作痛,库玛还是又跳了起来,它感到杆子在它的冲撞下微微下坠。也许还没有失败!也许自由就在眼前了!

即使是库玛的力量巨大也有其局限性。每跳一次,它都觉得自己的力量在衰退。在它生命中最需要力量的时候,它正在衰弱。它渴得气喘吁吁,但没有水喝。它饿得呻吟,而且——

啊,是的——狗的尸体还躺在笼子的一角。但是库玛宁愿死也不愿吃那个引诱它进入陷阱的动物!于是,它在痛苦中休息了一下,然后又跳向那根逐渐松动的杆子。

印第安人耐心地建了这个笼子。杆子很结实,捆绑也很结实。不过,绑这最后一根杆子的时候,只剩下少量的尼比藤可以用了,而且他也不是特别勤劳,也懒得再去找一些尼比藤来。

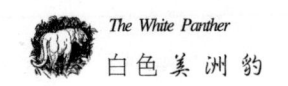

The White Panther
白色美洲豹

　　随着一次次的攻击，库玛越来越虚。它的头嗡嗡作响，肌肉因灼痛而瘫软无力。但库玛有一腔孤勇，尽管它的整个身体在痛苦中呼喊，它也不愿放弃。它喘着粗气，摇摇晃晃，鼓起勇气再拼命一跳，然后又躺下休息。

　　那是非常虚弱的一跳——弱得可怜——但是尼比藤断了，杆子底部滑开了。而库玛——它太累了，不得不休息了很久，才去研究这个新的突破口。

　　几个小时过去了，库玛在黑暗中孤军奋战。它隐隐约约地感到，黎明马上就要到来了。它有一种自己也无法理解的本能，它知道它必须在天亮之前逃出去。

　　现在它把头伸到用受伤的身体撞开的洞口里。它的脑袋能过去吗？——它耳朵那里的头骨最宽了。库玛不顾疼痛推了一下——它的头过去了！

　　这对它来说是一项艰巨的任务。库玛使出全身的力气使劲向外爬，肌肉抖动，在它成功之前，粗糙的树皮残忍地撕裂了它的皮肤。

　　现在只剩下臀部和后腿还留在笼子里了。它的鼻子闻到了自由的味道，那味道好极了。但它现在被饥饿所灼痛，被可怕的干渴所折磨。它现在虚弱得像很久以前它还是个初生的幼崽一样，虚弱得不能走路。

　　就这样，它的臀部还没有出来，库玛先休息了大概一个小时，星星渐渐消失，漆黑的丛林天空变成紫色，然后颜色一点

十三、库玛的路

点褪去。

如果现在黑豹来袭击库玛,它就惨了!如果连躲躲藏藏的豹猫也闻到了它的气味,那它就惨了!要是印第安人来了,它更是要倒霉了!

当它躺在那里,顾不上这些危险的时候,天快亮了,它那红眼圈里的饥饿和干渴变得清晰可见。它看见一只长着斑点的拉巴在离它鼻子几英尺的地方经过。库玛以前吃过很多只拉巴,而且已经开始觉得它们是一种相当粗糙、应付的食物。但此时此刻,它比以往任何时候都更想要吃上一只拉巴。

库玛猛扑过去,痛得大叫一声。它忘记了它的臀部还被卡在笼子里了,它的跳跃带着它穿过了木栏的一半,所以它既不能前进也不能后退。拉巴受惊了,跑进了森林。然后,库玛听到了一个声音,让它的血液都凉了。

远处传来了狗叫声……

库玛疯狂地猛拉自己的身体,前爪拉,后爪推。粗糙的杆子残忍地刺进它的身体,撕裂了它的皮肤,使它血流不止。

啊,要是它的腰再细一点儿就好了!

狗的叫声越来越近了,库玛心里明白肯定有人类跟这只狗在一起。它痛苦地呻吟着,身体两侧都磨得血肉模糊,它开始担心自己永远无法逃脱了。如果它不能摆脱束缚,而且是不能很快地摆脱束缚的话,它就完了!狗叫声越来越近了——更近了,叫声中带着一种新的急切的调子。

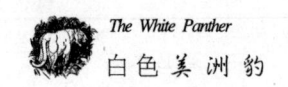

就在这时，白豹使出浑身解数，猛扑了一下，让它全身都逃了出来。

自由了！无拘无束了！几个小时以来，它一直被关在一个几乎没有给它跳跃空间的笼子里，而现在，现在整个丛林都是它的了！只要它有足够的力气逃脱追捕者……

库玛虚弱得想原地躺下，用喘息来消除痛苦，直到白天过去，黑暗再次降临。但它知道它不能停下。不过现在——自由的呼吸迅速地给予了它力量！

库玛深吸了几口气。然后它一瘸一拐地慢慢穿过林间空地，向附近的小溪走去。在那里，它花了不少时间，满怀珍惜地喝上了几大口水。

啊，这太棒了！这给了它力量！

它踩着一根倒下来的圆木过了河，每动一下就加快一点速度，顺着远处山脊的一边爬上去。这时它听见身后传来了狗叫声、兴奋的叫声。虽然库玛不知道，但和狗在一起的是一个印第安人，他悲伤地看着自己建的笼子的残骸，对着天空挥舞着拳头。

在山脊上，库玛向外望去，看见火球般的太阳从世界的边缘升起。它听到了丛林苏醒的嘈杂声。它看见了，听到了，高兴起来。

不错，它的肚子从来没有像现在这样空着过。它的身体每动一下，都剧痛无比。但库玛会治愈自己，它活了下来，它会

十三、库玛的路

再次狩猎。无边无际的丛林和其中的一切都是它的!

就在这时,库玛白色的皮毛上闪耀着初升的太阳,在光的映照下,它在山脊的顶端昂起头,发出了至高无上的、响亮的狩猎号角,表示着蔑视、胜利和狂喜。

"嗷呜——!嗷呜——!"

然后,库玛便像闪电一样,跑进了丛林。